「だめ……っ、も、あっ、あ……っ」

「もう少し……っ」

そう言うと、腰を掴む手に力がこもった。

「あぁっ！」

腰を引き寄せるようにして、最奥まで突き入れられる。

召喚されて帰れなくなったけど獣人に溺愛されて幸せになった話

召喚されて帰れなくなったけど獣人に溺愛されて幸せになった話

天野かづき

24157

角川ルビー文庫

目次

口絵・本文イラスト／陸裕千景子

いくつもの犠牲《ぎせい》があった。

血に濡《ぬ》れた大地を泣きながら踏《ふ》み越《こ》え、救えなかった命を置き去りにして、ようやく摑《つか》んだ勝利だ。

生き残った仲間達は肩《かた》を叩《たた》き、抱《だ》き合い、笑い合って勝利を称《たた》え合っている。

とどめを刺《さ》したのが誰《だれ》だとか、そんなことは誰も口にしない。全員が全員、ここにいる皆《みな》で手にした勝利なのだと、分かっているからだろう。

ようやく終わったのだという安堵《あんど》で力が抜《ぬ》け、その場にへたり込んでいた悠真《ゆうま》の肩も、大きな手が支えるように摑んでくれていた。

「……終わったな」

安堵と感慨《かんがい》を含《ふく》んだ声は、ひと匙《さじ》の寂寥《せきりょう》を語尾《ごび》に滲《にじ》ませる。

「うん。――ようやく帰れる」

悠真の言葉に、肩を摑んだ手にわずかに力がこもった。それが、自分を惜《お》しんでくれてのものだと分かるから、悠真の胸にも淋《さび》しさが波のように押し寄せてくる。

彼だけではない。ここにいる皆と、およそ三年もの間、ずっと共にいた。

魔王討伐《まおうとうばつ》という一つの目標に向かって、長い旅をしてきたのだ。

大小様々な二十七の国から一人、もしくは二人ずつ選出された連合部隊として。最初四十名弱であった隊員はここに至るまでに三十を切っている。それでも、たどり着いたこの地でようやく魔王を討《う》つことができた。

全《すべ》ての国や種族が良好な関係というわけでもないことから、最初の頃《ころ》はすれ違《ちが》いや諍《いさか》いもあったが、今は全員が仲間だと言える。

この世界に何の縁《えん》もなかった悠真にとっては、唯一《ゆいいつ》心を寄せられる人たちでもあった。だからこのあと国に戻《もど》る彼らとも、二度と会えないと思えば、淋しくはある。

――約三年前、悠真は突然《とつぜん》この世界に聖女として召喚《しょうかん》された。

男であるにもかかわらず、だ。

そして、魔王討伐の旅に出ろと一方的に言われたのである。もちろん、そんなものは断りたかった。だが、元の世界に戻るためには、そうするしかなかったのだ。

幸い、と言うべきなのか、召喚とともに与《あた》えられた力があり、それは癒《い》やしの力だった。もしもその力がなければ、こうして旅立つことはなかっただろうが、その代わりに何も持たぬまま放逐《ほうちく》されていたのではないかと思う。魔王の復活により、魔物のはびこる土地が増えていたこの世界に、何の力もないまま放《ほう》り出されていたら、とっくに死んでいただろう。

もちろん旅は楽なものではなく、命の危機に瀕《ひん》することもあった。だが、それでもこの力と仲間達の存在が、ここまで悠真を生かしてくれたのだ。

特にこの、獣人《じゅうじん》の国の王弟だという男――――オズワルドにはずっと世話になっていた。

もともと、子どもの頃から犬を飼っていた悠真は犬が大好きで、黒狼《こくろう》の頭を持つオズワルドを初めて見たときから、愛犬のコタロウに似ていると思って好感を抱《いだ》いていたのである。コタロウもまた、オズワルドと同じ真っ黒な毛並みと、金色の目をしていたのだ。コタロウの目はもう少しだけ褐色《かっしょく》よりではあったけれど。

そしてオズワルドは、この世界を何も知らず、体力的にも足手まといになりそうだった悠真を何くれとなく助けてくれた。

オズワルドの庇護《ひご》がなければ、悠真の旅は更《さら》に過酷《かこく》なものになっていただろう。

だから……。

「オズ、本当にありがとう。俺、向こうに帰っても、オズのこと忘れないよ」

そう口にしたとき、少しだけ泣きそうになってしまったのは、仕方のない感傷だと思う。

「――……俺もだ。絶対に、忘れない」

オズワルドは一瞬《いっしゅん》目を見開いたあと、まるで言葉を噛《か》みしめるようにそう口にした。

ああ、自分にはこんなにも惜しんでくれる友人がいる。

そう思ったら、この三年という時間をただの悪夢のようには思えなくなった。ただ徒《いたずら》に失った時間だとも、きっと思わずに済むだろう。

だから、悠真はもう一度だけそう言うと、潤《うる》んだ目元をごまかすように俯《うつむ》いたのだった……。

「ありがとう……」

けれど、そんな涙《なみだ》の別れを経《へ》て、自分を召喚した国——セイルダム王国に戻った悠真を待っていたのは、考えてもみなかった言葉であった。

「——は？　帰れない？」

すとんと表情の抜けた顔で問い返した悠真に、玉座に座ったままの男が頷《うなず》く。五十にはまだ届かないだろう歳《とし》の男だ。

悠真がここに召喚されたとき、男は王位を継《つ》いだばかりだったらしい。悠真がそれを知ったのは、旅に出てからだった。そんな国の事情すら知らぬまま、旅に出されたのである。

一度は魔物の襲撃《しゅうげき》で焼けたという謁見《えっけん》の間は、三年の間に修復されていた。白い床《ゆか》石は美しく磨《みが》かれ、階《きざはし》には青いカーペットが敷《し》かれている。室内に掲《かか》げられた国の紋章《もんしょう》の描《えが》かれたタペストリーも同じく青かった。

そこにいるのは、国王、王妃《おうひ》、そして王子が二人。文官らしき男と、見覚えのない神官服の男が控《ひか》えており、壁際《かべぎわ》には何人もの騎士《きし》がずらりと並んでいる。

その誰もが無言のまま、しばしの沈黙《ちんもく》が横たわる。

次に口を開いたのは、国王だった。

「余も知らぬことであった。虚偽《きょぎ》を申した神官は、すでに処刑《しょけい》してある」

どこか申し訳ないというようにため息を吐《つ》いてみせたが、それが本気だとは到底《とうてい》思えなかった。処刑のほうではない。申し訳なさそうな態度のほうだ。

そして、知らなかったというのも本当かどうかは大いに怪《あや》しいと思う。

もとから全く抱いていなかったセイルダム王家への信頼《しんらい》だったが、旅の間にそれは地中にめり込むほどに落ちていた。セイルダム王家の国際的な評価の低さについて、悠真は旅の間に仲間達から何度も聞かされていたからだ。

セイルダムには多くの古代魔法の遺跡《いせき》があり、今では禁術とされている魔法を度々《たびたび》使用しては問題を起こしているのだとか。召喚魔法もその一つだった。

召喚魔法は、召喚を行う召喚士の望みを読み取るとされるものの、いつのどこから何者が呼ばれるか約束のない、理論的にも解明されていない魔法だという。過去や現在に行方《ゆくえ》不明とされた、もしくは行方不明とされている人物が呼ばれ、その理由が召喚によるものだと判明したこともある。そして、なにより最初に魔王が出現したのが召喚によるものだったと伝わっていることから、固く禁止されているのだとか。

そもそも、魔王討伐の旅に出るメンバーは、各国から王族を一人は選ぶことになっていたのだと知ったのは、旅が始まってすぐのことだ。

それ故《ゆえ》に、聖女として召喚された悠真は第二王子の婚約者《こんやく》とされ、準王族という立場を与えられていたのである。もちろん、悠真の意思とは関係なく。

そんな相手に対して、言いたいことは山ほどあった。けれど、あまりにも想定外のことに、頭が真っ白になってしまう。

まさか、帰れないだなんて、思ってもいなかったのである。

当然だろう。三年間ずっと、帰るために旅をしてきたのだから。ただの旅ではない。文字通り命がけの旅だった。

その目的、元の世界に帰すという約束を、そんなたった一言で反故《ほご》にされることがあるなんて……。

もちろん、処刑されたという神官が本当にいるならば、その命まで軽いとは言わない。だが、それが自分を召喚した人間の一人であるならば同情はできないし、嘘《うそ》を吐いた者は殺したから約束はなかったことにする、と言われて納得《なっとく》できるはずもなかった。

「此度《こたび》のそなたの功績については、存分に褒美《ほうび》を取らせよう。今後についてはトラヴィスに説明させる。――――トラヴィス」

「はい。かしこまりました」

そう言って頭を下げたのは、この国の第二王子であり、悠真の『婚約者』ということになっている男だ。

父親に似た豪奢《ごうしゃ》な金髪《きんぱつ》に、母親に似た線の細い、どこか神経質さを感じさせる美形だが、悠真はこの男が好きになれなかった。旅を経て体力のついた今となれば、あの細い顎《あご》なんて自分の拳《こぶし》でも砕《くだ》けるのでは？　などと考えてしまうほどに。

突然召喚などという乱暴な手段で異世界に喚《よ》び落とされた挙げ句、同性の婚約者としてあてがわれた相手を好意的に見られるはずもない。

トラヴィス本人も、まさか聖女として召喚された相手が男だなんて思っていなかったのだろう。国王から世話を申しつけられて、あからさまではなかったものの、なぜ自分が男と、という態度が端々《はしばし》に表れていた。

悠真としても甘やかな態度など取られたとて困惑《こんわく》するだけだから、今思えばそれでよかったのだけれど、ここに来たばかりで、知り合いも誰《だれ》もいない状況《じょうきょう》でのどこか冷たい態度は、随分《ずいぶん》心細く感じたものだ。

その上、あとから知ったことだが、自分が召喚されなければ、討伐の旅に出ていたのは、このトラヴィスだったのである。伏《ふ》して感謝しろとまでは言わないが、多少の後ろめたさはあってしかるべきではないかと思う。

あまりの出来事に呆然《ぼうぜん》とし、過去に思考を飛ばしているうちに、悠真は旅立ちの前に数日を過ごした部屋へと通されていた。

こうなればこの男から話を聞くほかあるまいと、気を取り直す。

「長旅ご苦労だったね。きみたちの栄誉《えいよ》を称《たた》える祝勝式典は、二週間後にメーヴェの都で行われることになっている。その際は私がエスコートしよう」

向かい合い、ソファに掛《か》けたあとの第一声がそれだったことに、悠真は眉《まゆ》を顰《ひそ》める。

「……そんな話が聞きたいわけじゃないんだけど」

悠真の声の硬《かた》さに気付いたのだろう、トラヴィスの表情がわずかに強《こわ》ばる。

「俺を元の世界に帰せないって話は、本当なのか？」

「……もちろん、本当だ。嘘を吐く理由もない」

一瞬の躊躇《ちゅうちょ》ののち、トラヴィスはこくりと頷いた。

「嘘だと分かった時点で、こちらに伝えるべきだとは思わなかったのか？」

旅の間であっても、全く連絡《れんらく》が取れないというわけではない。とはいえ、それで悠真がならば旅などやめたと言い出せば困るのだろうから、言うはずもなかったのだろうけれど。これはちょっとした嫌《いや》みにすぎない。

「それを聞いたのは、きみが帰ってくると確定してからのことだった。罪が明らかになることが分かり、ようやく告白したのだろう。本当に、申し訳ないと思っている」

トラヴィスの言葉はどこか薄《うす》っぺらく感じた。けれど、そのまま聞いていると、処刑自体は本当にあったことのようだ。国民の前で、国王と聖女を謀《はか》った罪人として火刑に処されたという。名前に聞き覚えはなかったが、召喚《しょうかん》された際に神官らしき男の姿は幾人《いくにん》かあったし、あの中の誰かなのだろうなと思うくらいである。

情けをかけるべき相手ではないけれど、殺されたとなれば少し気分が悪い。

「とりあえず、今日のところは疲《つか》れているだろう。今後きみは私の暮らす宮へと移動が決まっている。式典後までには移れるようにするつもりだが――」

「ちょっと待て。あんたの宮って……」

「……婚約者なのだから当然だろう。いつまでもこのような客間の一つを使わせておくわけにもいくまい。不便を掛けてすまないがもう少し待ってくれ」

トラヴィスはそう言って微笑《ほほえ》んでみせたが、本心から望んでのことではないはずだ。おそらくこの国に結婚できる女性の王族がいないため、聖女が男であったからといってひるがえせなかったのだろう。結婚していない女性王族は、王太子の娘《むすめ》のみでまだ十歳にもなっていないのだから。

だが……。

「婚約はもう白紙でいいだろ？　俺を準王族にしておく必要ももうないはずだ」

暗に準王族にした理由は知っているのだと告げた悠真に、トラヴィスが軽く目を瞠《みは》る。

「きみは……いや、そうか。そうだろうな。話さずとも知る機会などいくらでもあっただろう」

ふうと何かを吹《ふ》っ切るようなため息を吐くと、トラヴィスはゆっくりと頭《かぶり》を振る。

「残念だが、婚約を白紙に戻《もど》すことはできない」

「は？　なんでだよ」

トラヴィスとて不本意だろう。

「陛下が許さないからだ。今ここできみとの婚約を白紙にすれば、王家は聖女を使い捨てにしたと誹《そし》りを受けるだろう。ただでさえ国力の落ちている時期に、そのような危険は冒《おか》せないというのが陛下の考えだろう」

「――そんなことまで話していいのか？」

「これもまた秘密のうちだ。外では話せないから、その点は安心しているよ」

トラヴィスはそう言って笑う。だが、悠真はその言葉に顔を顰《しか》めてみせつつ、心の中で舌を出した。

トラヴィスが話せないと言っているのは、ここを旅立つ前にした誓約《せいやく》のためだ。

『王家、王族にまつわる秘密を王宮の外に持ち出すことを禁ずる』

というもので、ここに来てすぐに、王宮に滞在《たいざい》する者は皆《みな》行うことになる誓約だと言われてサインさせられたのである。

けれど、旅に出てから気付いたのだが、聖女というものの体質なのか何なのか、悠真は魔法《まほう》による呪《のろ》いや毒、デバフと言われるようなある種の特殊《とくしゅ》効果を平時から無効化できるらしく、その誓約もまた悠真を縛《しば》ることはできなかった。特に何かを話せなかった、という記憶《きおく》は皆無《かいむ》だ。

もちろん、それを今ここで言うつもりはない。気付かれていないなら黙《だま》っておいたほうがいいだろうと、オズワルドも言っていた。

「ともかく婚約は続行だ。きみが望むと望まざるとにかかわらずね。それと、一つ誤解しているようだけれど、私はきみとの婚約は歓迎《かんげい》しているよ。英雄殿《えいゆうどの》」

そう言うと、トラヴィスは立ち上がり、本当に部屋を出て行ってしまう。

しかし、悠真も引き留めなかった。これ以上話したところで、建設的な意見など聞けないだろうし、お互《たが》いが望まぬ未来に進もうという関係では疲れるだけだ。

トラヴィスの最後の言葉は、負け惜《お》しみか、政治的な戦略というものを理解してのことか……。表情に出ていなかったのは、この三年でそれだけトラヴィスも大人になったということなのかもしれない。確か自分より二つほど上だった記憶がある。

英雄という言葉を使ったのは、悠真の立場が旅立ち前とは違《ちが》うということを伝えるためだろう。ただの聖女ではなく、討伐の旅を生き延びた英雄という肩書《かたが》きを得た。その悠真とならば結婚も歓迎する、と。

だが、あのトラヴィスと結婚？

なんとも憂鬱《ゆううつ》な話である。

室内に控《ひか》えていた従僕に、風呂《ふろ》に入って寝《ね》るからもういいと告げ、一人にしてもらう。

しかしその途端《とたん》、どっと疲れが出て、風呂に入ると言ったにもかかわらずベッドに倒《たお》れ込んでしまった。

「まいった……」

本当に考えてもみなかった展開に、どうしていいか分からなくなる。

正直、帰ってからのことを考えて、憂鬱になることもあった。三年もの間失踪《しっそう》していた自分を家族がどう思うだろうかとか、同級生は皆もう卒業しているけれど、高校はどうすればいいのかとか……。

十六歳の高校二年だった自分も、今は十九歳になっている。

その上、極普通《ごくふつう》の高校生活とは全く違う、死線をくぐり抜《ぬ》けるような経験をした自分は、当たり前に元の社会に溶《と》け込めるのだろうかと不安にもなった。

それでも、まさか帰れないだなんて……。

その上、このままではトラヴィスと結婚《けっこん》させられてしまう。

どちらにとっても不幸だろうが、どう考えても自分にはなんのメリットもない話だ。この世界に来たばかりの頃《ころ》ならば、それでもここを追い出されて一人で生きていくことなどできないと、不満を呑《の》み込んだかもしれない。

だが、今はそうは思わなかった。

不安がないとは言えないが、今の悠真ならばこの城を出て一人で生きていくことも可能だと思う。仲間達の下《もと》を訪ねる旅をするのも、いいかもしれない。特にオズワルドならば、オズワルドの国の片隅《かたすみ》に住居を得たいのだと言えば協力してくれそうな気がする。

とはいえ、トラヴィスの言葉通りならば、いくら自分が結婚などしない、ここを出ていくと言ったところで無駄《むだ》だろう。

しかし、トラヴィスのことがなかったとしても、こんな国で暮らしていくことなどごめんだと思う。

混乱が収まるにつれ、悠真の心の中には、裏切られたことに対する怒《いか》りと悲しみがひたひたと満ちつつあった。

勝手に人を喚《よ》び落として、命がけの旅に出させた挙げ句、最初に言った魔王《まおう》を斃《たお》せば元の世界に帰すという約束すら反故《ほご》にされて……。

これで怒《おこ》らないほど、悠真は聖人ではない。聖女などと言われても、そんなつもりは毛頭ないのである。

だが、だからといって王家一家を惨殺《ざんさつ》してやろうと思えるほど激情家でもなく、その手段もない。

ただ、ひたすらに腹が立ち、同時にとても悲しくて、酷《ひど》く疲れていた。

心が折れる、という経験をこの世界に来て以来何度もしていた悠真だったが、どうやらこれもその一つに数えられそうだ。

もとから信頼《しんらい》などしていない相手だったのだから、裏切られたことがつらいのではない。その点に関しては情けない、という思いが強いような気がする。信頼できない相手に、自分だけ誠意を返してしまったことが悔《くや》しい。そして、これまで心の支えにしていたことが失われた、そのことがつらい。

「あー……最悪だよ」

帰れるのだと、思っていたのだ。生きているかは分からなかったし、三年ものブランクがある以上、元の平凡《へいぼん》な暮らしに戻ることは無理だとしても、それでも帰れるのだと……。

両親や、三つ上の姉、四つ下の妹、そして愛犬のコタロウにもうすぐ会えるのだと思っていた。なのに……。

もう会えない家族のことを考えて、悠真はぎゅっと目を瞑《つむ》り、体を丸める。これ以上家族のことを考えたら、立ち直れない気がして必死で目を逸《そ》らした。悲しみではなく怒りを思おうと自分に言い聞かせる。

けれど、そんなふうに自分の感情を整理しながら、少しだけ泣いた。

そうしながらも、今後達成すべき目標を考える。

憎《にく》いから、許せないからといって、王とそれに連なる者を手に掛《か》けることは自分にはできない。

だからといってこのまま甘んじてこの城に留《とど》まり、トラヴィスと結婚するなんて絶対に嫌《いや》だった。

だが、トラヴィスの言うように、王がそれを許さないというなら……。

「黙って出てくしかないかな……」

そして、そう呟《つぶや》くと、悠真は深いため息を零《こぼ》したのだった。

◇

「とても素敵《すてき》だ。きみに似合う服をと悩《なや》んだ甲斐《かい》があった」

「……はぁ」

その日、部屋まで来たトラヴィスを見て、悠真は半眼でため息を吐《つ》いた。

黒髪《くろかみ》に黒目で、この世界では地味としか言いようのない風貌《ふうぼう》の悠真に似合う服を探すのは大変だっただろうな、と嫌みを言いたい気持ちにもなったが、会話をすることが嫌で結局口を閉じた。

好意を持てない相手だったトラヴィスのことは、この二週間で明確に苦手になっている。

というのも、あれから毎日のように口説かれていたからだ。

実は初めて見たときから運命を感じていたとか、夜空のように美しい瞳《ひとみ》に私を映して欲しいとかなんとか……。

おそらくそれがこの王子の仕事なのだろうなと思えば哀《あわ》れではあったけれど、鬱陶《うっとう》しい上に気持ちが悪いというのが本音だ。

本心でないと分かっている上で繰《く》り返される口説き文句を聞かされることは面倒《めんどう》であり、いっそ苦痛と言ってもよかった。

一刻も早くこの城を、国を離《はな》れたいという気持ちは膨《ふく》れ上がるばかりだったのだが……。

結局のところ、国どころか城すらも出られないまま、こうして式典の日を迎《むか》えている。

原因はいろいろとある。

まず、昼であれ夜であれ、城の中には人目が多すぎた。悠真が旅の前にこの城にいた期間は短く、更《さら》にほとんど部屋から出ることもなかったため、城の構造を把握《はあく》していないというのも、よくなかったのだろう。

そして、おそらくだが監視《かんし》もされている。いくら悠真が重要なことは何も話せないと向こうが思っていたところで、どこか別のところで目撃《もくげき》されては困るのだろう。いなくなったとなれば、何があったのかと勘《かん》ぐられることになる。

それに、悠真は治癒《ちゆ》魔法や結界、浄化《じょうか》などに関してはたぐい稀《まれ》な才能を持っていたが、そのほかについては全くと言っていいほど素養がなく、こちらに来た当初に比べて体力こそついたものの身体機能は並である。簡単に逃《に》げ出せるはずもなかったのだ。トラヴィス一人なら無力化できそうな気もするが、した途端騎士《きし》だの衛兵だのに囲まれるのは間違《まちが》いない。

まぁ、最初の一週間で諦《あきら》めとともにここから逃げることはできないと悟《さと》り、残りの一週間は式典の会場から逃げる方策について考えていたのだが。

セイルダムの城から逃げ、更に国を脱出《だっしゅつ》するより、国の外であるメーヴェの都から逃げるほうがまだ容易《たやす》いと思ったのである。

メーヴェの都とは、この世界で唯一《ゆいいつ》の『国ではない場所』だという。もちろん、悠真は行ったことはないため、オズワルドから話を聞いただけだ。

メーヴェという国の都市ではなく、あるのはその都一つであり、ある意味で魔王のためにある聖なる地だとか。

その都に住む予言者だけが、魔王の出現を予知するらしい。そのために、各国からの支援《しえん》を受けて存在している。

大陸の中央部よりやや南に位置し、広い湖の中にある水中都市。古代の都。

話に聞いたときから、行ってみたいとは思っていたのだ。

全《すべ》ての国と小規模な転移門で繋《つな》がれていて、一日に一往復のみ、そして一度に五人まで移動することが可能だという。

転移門というのは、この世界独自の魔法技術によって作られた、長距離《ちょうきより》間移動を可能とする魔道具である。

国外に繋がる転移門は、このメーヴェの都に繋がるもの以外にはないとされているし、旅の間にも見たことはなかった。

今回、セイルダム王国からの訪問は、悠真とトラヴィス、宰相《さいしょう》であるホランドという男とその妻、騎士一名の計五人だった。

騎士とはいえ、武装はしていない。メーヴェの都は中立都市であり、ここでは武力を使うことはできないとされている。

実際、剣《けん》を抜《ぬ》いた者が都市そのものの魔法《まほう》によって水中に放《ほう》り出され、溺死《できし》した事件もあるらしい。

まずメーヴェの都に着いたら、隙《すき》を見てトラヴィスたちから逸れ、都の出口から脱出するつもりだ。出口の存在が確認《かくにん》できなかった場合、どこかの国にこっそり交《ま》ぜてもらうか、一日都に潜伏《せんぷく》することになるだろう。荷物は、指輪型の収納に入れてある。これはいわゆる亜《あ》空間収納というか、指輪の中に一メートル四方ほどの空間があり、そこにものをしまうことができる魔道具である。

実を言えば、旅の始めにオズワルドから貸してもらったものであり、旅の終わりに返そうとしたところ、思い出に持っていて欲しいと言われたものでもある。

もちろん、高価なものだし、元の世界では魔道具としての機能は失われるだろうからと、断ったのだが、それでもと言われて譲《ゆず》り受けたのだ。おかげで旅に必要だった道具は一式入ったままだった。

またオズワルドに助けられたな、と思いつつ、悠真はトラヴィスに連れられて部屋を出る。うしろからはトラヴィスの護衛騎士として何度も見たことのある男がついてきていた。

「今日の式典は国同士の社交の場でもある。できるだけ、私から離れないようにしてくれ」

「……久し振《ぶ》りに仲間に会うんだ。あなたに気を遣《つか》ってばかりもいられない」

「ならば私がきみに従おう。きみが世話になった者たちだ。是非《ぜひ》挨拶《あいさつ》もしておきたい」

朗《ほが》らかにそう言われ、もとからそのつもりだったのではと思う。

実際、今日会う仲間達は皆《みな》それぞれの国の王家の者であり、顔が繋げるなら繋いでおきたいといったところか。

悠真としては、元の世界に帰れなかった上に、未《いま》だにこの男の婚約者《こんやく》であることを仲間やオズワルドに知られることは憂鬱《ゆううつ》だった。

そんなことを思ううちに、転移門があるという建物へ向かう馬車に乗せられる。

城の中は広いため、移動は馬車になる。とはいえ大した時間ではなく、降ろされた先には平屋建ての奇妙《きみょう》な建築物があった。

窓はなく、出入り口も正面に一つだけのため、倉庫のようにも見える。転移門からの、侵《しん》入《にゅう》や脱出を警戒《けいかい》しているのだろう。

悠真はここに来るのは三度目だった。一度目は旅立ちのとき、二度目は帰還《きかん》のときである。

建物はぐるりを柵《さく》に囲まれていて、門の前には武装した兵が立っている。悠真とトラヴィスの姿を認めると門を開いてくれた。

そのまま建物の中へ入ると、トラヴィスは迷うことなく一番奥にある部屋へと向かう。そこにはすでにホランドとその妻らしき女性が待っていた。

二人は悠真とトラヴィスに向かって深々と礼をする。

「ホランドは、メーヴェの都は二度目だったか？」

「ええ、予言布告の際に一度」

トラヴィスの言葉にホランドが頷《うなず》く。女性は穏《おだ》やかに微笑《ほほえ》んだまま口を開かずにいる。悠真も話すような気分ではなかったため、黙《だま》って転移門へと視線を向けた。

石造りの門は、ただ門の枠《わく》だけがそこにあるように見える。扉《とびら》などはなく、周囲にも何もない。言ってみれば鳥居のようなものだ。ただじっと見ていると時折、水が張ってあるかのように向こう側が歪《ゆが》むことがある。

「では行くとしよう」

トラヴィスの言葉で出立となり、悠真はトラヴィスと並んで転移門を抜けた。

転移門を出てすぐは、そこが水中だと感じられる部分はなかった。

だが、門のあった建物を出ると、そこには目を瞠《みは》るような光景が広がっている。

水の中、というイメージからすると意外なほどにそこは明るかった。

無意識に、水族館にあるトンネルのようなものを想像していたのだと思う。けれど、真昼の屋外のようにそこは明るく、ただ空気がどことなく青みがかって見える。

空間の中央に太い柱を持つ大きな神殿《しんでん》のような建物があるが、それ以外には目立った建物のようなものはない。

悠真はメーヴェの神殿という名称《めいしょう》でなく、都とされるのはなぜなのだろうと不思議に思った。もしも、今隣《となり》にいるのがオズワルドだったなら、迷わず疑問を口にしていただろう。トラヴィスも知っているのかもしれないが、尋《たず》ねる気にはならなかった。

地面は水面の上に立っているかのように青く、揺《ゆ》らめいている。頭上は遙《はる》か高い場所に水があると分かるものの、不思議と明るいのだ。

そして、その神殿の中にはすでに多くの人がいるのか、音楽とともにざわめきが聞こえてくる。

悠真はこんなときではあるが、緊張《きんちょう》だけではない胸の高鳴りを感じつつ、トラヴィスに遅《おく》れないように神殿へと向かう。五段ほどの階段を上り、大きく開かれた扉を潜《くぐ》ると中には見知った顔がいくつもあった。

それらが新しく入場した中に悠真の姿を認めて、意外そうな表情を浮《う》かべる。それはそうだろう。本来ならば悠真はとっくにこの世界にいないはずだったのだから。それは、特に親しくしていた者たち以外でも知らぬ者はいない話だったのだ。

悠真は聖女——治癒魔法師としてあらゆる人間と関係があったから、顔が広かったというのもあるだろう。召喚《しょうかん》によって半ば無理矢理《むりやり》参加させられた被害者《ひがいしゃ》であったことは皆が知るところだった。もっとも、セイルダム側からすれば、悠真がその事実をべらべらと他人に話せる状態であったことは大きな誤算だっただろうが。

そんなことを思ううちに、ホランドはトラヴィスに一礼すると夫人とともに離《はな》れていく。宰相として繋いでおくべき顔があるのだろう。悠真としては近くにいる人間が減ってくれたことにほっとする。

「ユウ⁉」

突然《とつぜん》、知った声に名前を呼ばれて、悠真はハッとして振《ふ》り向いた。

そこにいたのは仲間の中でも特に親しく過ごすことの多かった者の一人で、マリエルという一つ年上の少女だ。ユーレイアという国の第一王女で、女性騎士としても名高い。美しい赤髪《あかがみ》に紫色《むらさきいろ》の瞳《ひとみ》をしているが、今はその目を大きく見開いていた。

それは隣にいた魔法使いの少女も同じだ。そちらはララという名で、バイラルディという魔法大国の第四王女だった。紺色《こんいろ》の長い髪は下に行くにつれて紫色に変化しており、小花を散らしたような髪飾《かみかざ》りがかわいらしい。

「マリー……ララも……」

名前を呼んだものの、何を言えばいいか分からず、悠真は苦笑《くしょう》する。もちろんこの場で何もかもをぶちまけることはできたが、自分が誓約《せいやく》に縛《しば》られていないことをトラヴィスに知られれば、ますます監視《かんし》の目が厳しくなる気がして躊躇《ためら》ってしまう。

そんな思いが、ちらりとトラヴィスに向けた視線で伝わったのか、マリエルはぴくりと眉《まゆ》を動かした。それからニッと口角を上げる。

「――帰ったんだとばかり思ってたわ。あなたがいるって分かったらオズが黙ってないわよ。あっちにいたから会いに行きましょ！」

笑顔《えがお》でそう言うと、強引《ごういん》に腕《うで》を引いて歩き出す。同時にララがささやかに指先を動かして、ほんの小さなつむじ風をトラヴィスの足下《あしもと》に展開したのが分かった。慌《あわ》てたようについて来ようとしていたトラヴィスが転び、騎士がハッと足を止める。

マリエルたちは完全に二人を無視して、ドレス姿とは思えない早足で移動していき、悠真も素直《すなお》にそれに従った。

おそらく二人がすぐに追いつけないようにだろう、敢《あ》えて人の多い場所を突《つ》っ切る。だが足が向かう方向は決まっているようなので、オズワルドの下《もと》へという言葉も嘘《うそ》ではなかったらしい。

「セイルダムがまた何かしたのね」

確信を持った言葉に、悠真は頷いた。

「元の世界に帰すってのは、嘘だったらしい。嘘を吐《つ》いた神官は始末済みだって」

悠真の言葉をマリエルが鼻で笑う。どうせ国ぐるみの仕業《しわざ》だと思っているのだろう。悠真もそれには同意だ。

「それで、あの男は？」

「……婚約者」

「裏切っておきながら王家に取り込もうなんて、図々《ずうずう》しいにもほどがありますわね」

かわいらしい声で、吐《は》き捨てるように言ったのはララだ。悠真が思わず笑ったときだった。

「ユウマ！」

驚《おどろ》きと歓喜《かんき》の混ざった声で名を呼びながら、オズワルドがこちらに駆《か》け寄ってくる。

「わっ」

何かを確認《かくにん》するように、脇《わき》の下に手を入れて持ち上げられて、ぱちりと瞬《しばたた》くと、次の瞬間《しゅんかん》には強く抱《だ》きしめられていた。

「もう、会えないとばかり……！」

「オ、オズ？　ちょ……く、苦しい……」

あまりにきつく抱きしめられて、息苦しさと、背骨の危機にバシバシと背中を叩《たた》く。

「っ……す、すまない」

オズワルドはハッとしたように腕を緩《ゆる》め、慌てて床《ゆか》に下ろしてくれた。

「すまない。ここにいることが信じられなくて……すぐにでも元の世界に戻《もど》ると思っていたから……ここで会えて嬉《うれ》しい」

オズワルドが本当に嬉しそうにそう言ってくれたことに、悠真は気まずさを押し殺して口を開く。

マリエルたちが稼《かせ》いでくれた時間はほんの少しで、躊躇っていてはトラヴィスたちに追いつかれてしまう。

「帰れるってのは、嘘だったんだって」

「……嘘？」

顔を顰《しか》めたオズワルドにこくりと頷《うなず》く。

「その上、王族の婚約者《こんやく》のまま留め置いているらしいわ。一緒《いっしょ》に来てる」

さっと横から口を挟《はさ》んだのはマリエルだった。ますますオズワルドの表情が険しくなる。

「なんだそれは……」

「噂《うわさ》通り腐《くさ》ってるなァ」

怒《いか》りに唸《うな》るような声を上げたオズワルドの横で、呆《あき》れと嘲《あざけ》りを混ぜたように言ったのは、カイルという男だ。スラッとした美形なのだが、カンザレード帝国《ていこく》の皇帝の庶子《しょし》で、ややひねくれたところがある。討伐《とうばつ》の旅のために王族として認められたという経緯《けいい》があるせいか、悠真に対しては同情的で最初から仲良くしてくれたメンバーの一人だった。王族嫌《ぎら》いだが、オズワルドとは何度かぶつかったあと親友と言っていい関係を築いている。

「俺はいやなんだけどね。王子は運命の相手だのなんだのって口説いてくるしもう最悪っていうか……。でも監視があって逃《に》げられなくて……ここにいる間にどうにか逃げ出せないかなって考えてたところ」

そう言った悠真に、オズワルドが頷く。

「それがいい、できれば俺の国に――」

オズワルドが何かを言いかけたところで、トラヴィスが追いついてきたらしい。

「ユウマ、ここにいたのか」

にっこりと微笑《ほほえ》まれて、悠真の顔から表情が抜《ぬ》ける。それだけで、自分がこの男を好いていないのだと、周囲には伝わっただろう。

「……そちらは？」

オズワルドが悠真へと振る。

「セイルダムの王子だよ」

紹介《しょうかい》とも言えないような端的《たんてき》すぎる言葉に、トラヴィスはわずかに動揺《どうよう》したようだったが、すぐに立て直したのか口を開く。

「セイルダム王国のトラヴィス・マハ・セイルダムだ」

「ライセール王国のオズワルド・ライセールだ」

オズワルドの口調は柔《やわ》らかい。けれど、彼が怒《おこ》っているのだということは、三年間傍《そば》にいた悠真には分かっていた。獣人《じゅうじん》であり、人には表情が読みづらいことからもトラヴィスには分からないだろうけれど。

「セイルダムの者が来てくれたならばちょうどいい」

オズワルドはそう言うと、敢えて耳目《じもく》を集めようとするように声を張る。

「ユウマ、私はここで、あなたに結婚を申し込む」

「え」

一瞬、何を言われたか分からなかった。だが、戸惑《とまど》う悠真の前でオズワルドがゆっくりと跪《ひざまず》く。

「あなたが元の世界に帰ることを心から望んでいると知り、一度は封印《ふういん》した思いだった。だが、この世界に残るというならば、もう抑《おさ》えることはできない。――どうか、私の番《つがい》になって欲しい」

その場の全《すべ》ての音が消えたようだった。

差し出された手をじっと見つめるうちに、オズワルドが自分に結婚を申し込んでいる、という事実がようやく脳に浸透《しんとう》する。

一体どうしてと思ってから、先ほどオズワルドが言いかけた言葉を思い出した。

オズワルドは『俺の国に』と言ってくれていたのだ。

あれは逃げ出すのならば、自分の国に来ればいい、ということだろう。だとすれば、これは公式に自分をセイルダムから引き離《はな》すための方策なのかもしれなかった。

確かに、現在悠真はトラヴィスの婚約者なのだから、普通《ふつう》に考えれば簡単にセイルダムを出

ることなどできない。

だが、ライセールはこの大陸の中にある、三つの大国の一つで、残る二つはカンザレード帝国とバイラルディ王国であると聞いたことがある。対するセイルダムは小国であり、ライセールを敵に回すことは賢《かしこ》い選択《せんたく》とは言えないだろう。

悠真がそちらに嫁《とつ》ぐと言えば、秘密裏《ひみつり》に逃げ出すのではなく、公式にセイルダムを離れることができるのかもしれない。

「ユウマ？」

オズワルドがやさしく名前を呼ぶ。

「……オズは、それでいいの？」

いくら自分を連れ出すための方便でも、それがオズワルドの傷にならないとは言えないだろう。もちろん、ここにいる者たちの多くは悠真の事情を知っているし、このプロポーズが茶番だと気付いている者もいるだろうし、仲間は皆《みな》自分たちの味方をしてくれるとは思う。

それでも、本当にここまで頼《たよ》って、甘えてしまっていいのだろうか。

そう思ったのだが……。

「もちろん。ずっと望んでいたことだ」

オズワルドの声に、ためらいはほんの少しも混ざっていなかった。

いつだって、信頼《しんらい》できるその声に、悠真は自然と頷いてしまう。そして、そっと伸《の》ばされた手を取った。

ぱちり、と誰《だれ》かが手を叩く。途端《とたん》に、わっと拍手《はくしゅ》の音と歓声が響《ひび》いた。

驚いてびくりと体を震《ふる》わせると、立ち上がったオズワルドが素早《すばや》く悠真の手を引いて抱きしめる。

「嬉しいよ、ユウマ。ありがとう。必ず幸せにする」

「お、う、うん」

茶番とは言え甘い言葉にドキリとして、じわじわと顔が熱くなる。

けれど……。

「ま、待ってくれ」

完全にお祝いムードになった空気の中、そう声をかけたのは、トラヴィスだった。

「ユウマは私と婚約している。すまないがその申し出を受けることはできない」

その言葉に、辺りの空気がわずかに冷える。

周囲の視線に晒《さら》されたトラヴィスが、ぎくりと身を竦《すく》めたのが分かった。

もちろん、トラヴィスの言葉はもっともではある。だが、それは悠真が望んでのことでは決してない。

しかし、悠真がその事実を指摘《してき》するよりも前に、口を開いた者がいた。

「その婚約は、ユウの意思ではないと聞いてるわよ」

それはマリエルだった。そうだと同意するようにララが頷く。

「ほう？　セイルダムは救世の聖女を望まぬ婚姻《こんいん》で王家に縛《しば》り付けようとしているワケか」

呆れたという口調でカイルが言う。

トラヴィスの眉《まゆ》がわずかに歪《ゆが》んだ。激高するかと思ったが、さすがにそれは堪《こら》えたようだ。

「そもそも、獣人の王族の番請《つがいご》いを拒《こば》むことができるのは、請われた本人だけだとご存じないのかしら？」

つがいごい、という聞き慣れない言葉に、悠真は内心首を傾《かし》げる。だが、トラヴィスは知っていたらしく、さっと顔色が悪くなる。

そこに騒《さわ》ぎに気付いたのか、ホランドが駆《か》けつけてきた。

「殿下《でんか》、一体何があったのですか？」

この場にいる多くが他国の王族であると知っているため、直接話しかけることが難しい立場であるホランドは、トラヴィスに小声で事情を尋《たず》ねる。

「そちらの、ライセールのオズワルド殿《どの》がユウマに結婚の申し込みを行ったのだ」

「な……なんと……」

ホランドの目が瞠《みは》られ、その目がオズワルドと悠真をちらりと見た。

それから一度目を閉じると、ゆっくりとこちらに向き直る。

「発言をお許しいただけますか？」

「……許そう」

オズワルドが頷くと、ホランドは一度深々と礼をして、まずは名前とともに自分がセイルダム王国の宰相位《さいしょうい》にあることを告げた。

「結婚《けっこん》の申し込みということですが、そちらのユウマ様は我が国の王子である、トラヴィス殿下の婚約者です」

「それならば聞いた。ユウマ自身は望まぬことだということもな」

そう言うと、オズワルドは敵にでも向かうときのような酷薄《こくはく》な目で、トラヴィスを見た。トラヴィスの肩《かた》がわずかに揺《ゆ》れる。だがトラヴィスが反論するよりも先に、再びオズワルドが口を開く。

「セイルダム王国では、異世界から喚《よ》び落とした聖女を準王族にするため婚約を結ばせ、魔王《まおう》討伐の旅に出した挙げ句、元の世界に帰すという約束を反故《ほご》にした。その上で更《さら》に、望まぬ婚姻までをも押しつけ、国に縛り付けようとしている。――違《ちが》うか？」

「な……何を……」

オズワルドの言葉に、さすがのホランドも言葉を失っている。

それはそうだろう。今オズワルドが口にしたことのいくつかは、王家、王族にまつわる秘密として秘されているはずのことだったのだから。

本来ならば、オズワルドが知るはずのないことだ。

正直、悠真も少し驚《おどろ》いていた。もちろんホランドの感じたものとは違い、ここでそのカードを切ってしまっていいのだろうか、という驚きだったが。

自分がセイルダム王国の誓約《せいやく》を破れることを、セイルダム側に知られないほうがいいとアドバイスしてくれたのは、オズワルドだったからだ。

セイルダムに頼らねば、元の世界に戻《もど》してもらえないのだから、腹立たしいだろうけれど黙《だま》っておいたほうが問題なく帰還《きかん》できるだろうという話になり、悠真も納得《なっとく》していたのだ。

いいのだろうかと思ってちらりと見れば、オズワルドは任せておけと言うように頷《うなず》く。

どうやらしばらくは口を挟《はさ》まないほうがよさそうだ。自分の問題なのに申し訳ないとは思うが、オズワルドにはなんらかの目論見《もくろみ》があるようだから、邪魔《じゃま》しないほうがいいだろう。

「その程度の情報は入ってくるものだ」

オズワルドはたいしたことではないように言ってのける。

だが、どこの国でも他国に間諜《かんちょう》などは放っているのだろう。実際、悠真が旅に参加したときにはすでに、いくつかの国は悠真が召喚《しょうかん》された異世界人だと知っていて、セイルダムを批判していた。

「――――何やら、誤解があるようですな」

そんなことを考えているうちに、ホランドはすぐに自身を立て直したらしく、そう言って困《こん》惑《わく》したような表情を浮《う》かべてみせる。さすが宰相という職にあるだけのことはある。

何も知らなければ、本当に困惑しているのだろうと思ってしまいそうな顔だ。もちろん、悠真とともに旅をしてきた仲間の中にそれを信じる者はいない。

だが、彼はそれを知らないのだろう。だから、ごまかせると信じている。もしくはただ、開き直っているだけだろうか。

「誤解だというならそれでもいい。どの部分が誤解なのかは、気になるところだが」

オズワルドはじっとホランドを見つめてそう言うと、一度ゆっくりと悠真の頰《ほお》を指の背で撫《な》でた。

結婚を承諾《しょうだく》するほどの親密さを表現してのことだろうけれど、甘やかな仕草に頰がじわりと熱くなる。

「ユウマは私との結婚を承諾してくれた。つまり、少なくともトラヴィス殿との婚約が望まぬものだったことは確かなのではないかな？」

「……どうやら私どもとユウマ様との間で、認識《にんしき》の違いがあったようですね」

相変わらず困ったように眉を下げ、トラヴィスをちらりと見つめる。トラヴィスはわずかに表情を強《こわ》ばらせた。ホランドの視線に鋭《するど》さはなかったが、状況《じょうきょう》からすれば責めていると思って間違いない。

悠真を口説き、籠絡《ろうらく》することがトラヴィスの仕事だったのだろうし。

そこはせめて可愛《かわい》い女の子でもあてがってくれたほうが、まだ可能性はあったのではと他人《ひと》事《ごと》のように思う。

もちろん、セイルダムを出ることしか考えていなかった悠真は、どんなに可愛い女の子であれ国の思惑に乗るつもりはなかったけれど。

「認識の違いを認めるならば、ここは素直《すなお》にユウマの願いを叶《かな》えるべきじゃないか？　そもそも、これでも私はライセールの王太子だ。王族が番として求めた際、その婚姻を拒むことができるのは本人の意思によるものだけだと、知らぬはずもあるまい？　ユウマはすでに結婚を承諾してくれた。そなたらがその意に反して断るというならば、戦いを挑《いど》むことになろう」

オズワルドの言葉に、悠真は驚いてオズワルドを見つめた。

戦いとはどういうことだろう？

けれど、その言葉に驚いたのは自分だけのようだ。トラヴィスの顔色は悪く、ホランドはわずかに眉を顰《ひそ》めていた。

そう言えば先ほども、番という言葉が出ていたように思う。

――獣人《じゅうじん》の王族の番請いを拒むことができるのは、請われた本人だけだとご存じないのかしら？

オズワルドも似たようなことを言っていた。

そして、それに反するならば戦うと……。

どうやら言い方からして、それは獣人の王族であることに関係し、世界的にも理解を得られているらしいと分かる。どうしてそのようなことがまかり通るのかは、獣人のいない世界で育った悠真には謎《なぞ》でしかない。

だが、トラヴィスもそれを知っているからこそ、マリエルに言われて顔色を変えたのだろう。当然、ホランドが知らぬはずもない。

「で、ですが、王家に嫁《とつ》ぐ予定だった者を望むというのは、少し問題があるのではありませんか？　国としての対応もございます」

「そうであればこちらとしても、国として対応することになる。もちろん、それがどういうことかは分かっていると思うが」

その言葉に、ホランドは口を閉じた。おそらくだが、セイルダムにとって不利な話なのだろう。国力という意味においては、セイルダムは大国であるライセールに及《およ》ばないのだ。そして、今の話が国際的に認められていることならば、賠償《ばいしょう》などの責任も発生しないのかもしれない。

「いやー、ライセールの王族の番請いに文句を付けようとは、セイルダムも大したものだなァ」

「本当ね。バイラルディであれば考えられないことですわ」

大国の王族である二人が続けてそう発言すると、周囲の者たちも頷いている。

さすがに分が悪いと思ったのだろうか。

「……確かに、このような慶事《けいじ》に口を挟むのは失礼でした。――殿下《でんか》」

「そ、そうだな。残念だが、ユウマがそう望んだのであれば、我々《われわれ》も祝わせてもらおう」

本心からではないだろうが、ホランドとトラヴィスの口からその言葉が出たことで、周囲はほっとした空気に包まれた。

最初に手を叩《たた》いてくれたのはおそらくカイルだっただろう。そのままわっと広がって、悠真とオズワルドは祝福の拍手《はくしゅ》に包まれる。

諦《あきら》めたようにトラヴィスとホランドが手を叩くのを見て、悠真はようやく、本当に自分がセイルダムから逃《のが》れられたのだと実感し、笑《え》みを浮かべたのだった。

◇

「今夜はここで一泊《ぱく》して、明日は船での移動になる」

オズワルドがそう言ったのは、海辺の美しい屋敷《やしき》の一室でのことだった。

壁《かべ》は落ち着いた灰青に塗《ぬ》られており、美しい模様の入った青いカーペットが敷《し》かれている。

今いる部屋にはソファセットと、ダイニングテーブルがあり、窓からは海が見えるようだがもう日も落ちているため、現在はカーテンが引かれていた。壁で仕切られた続き間はおそらく寝《しん》室《しつ》だろう。

ここは旧都と呼ばれる街であり、昔はここに王都があったのだという。二つの国が統一されたのち、現在の王都に移ったのだとか。

旧都となった今も、港町として栄えているが、城は観光地として開放されており、この領主の館《やかた》は別に建てられたものらしい。

「ライセールの転移門は王都にあるわけじゃないんだね」

「メーヴェの都と繋《つな》がるものは少々特殊《とくしゅ》なんだ」

国内へ繋がるものは王城にあるが、この門を移設することはできなかったらしい。

多少不便ではあるが、メーヴェの都に行かなければならないのは、魔王《まおう》復活の前後だけであり、周期としては百〜百五十年ほどだというから、普段《ふだん》は問題ないのだろう。

悠真としては、あの戦いがその周期で繰《く》り返されているという事実に、うんざりしたけれど。

まぁともかく今回の魔王は成敗されたのだから、よしとしよう。

あのあと、式典は無事に終わり、悠真はトラヴィスたちとではなく、オズワルドやその関係者とともにメーヴェの都を出ることができた。

そうして、メーヴェの都とライセール王国を繋ぐ転移門のある、この旧都の領主邸《てい》で、一泊することになったのである。

「ところでさ、その、俺の紹介《しょうかい》、あれでよかったの？」

「うん？　なんのことだ？」

「番《つがい》だって、紹介してただろ？」

急に一人客が増えて迷惑《めいわく》だったのではないかと思ったけれど、オズワルドが悠真を番だと紹介したところ、驚《おどろ》くほどの歓迎《かんげい》を受けてしまったのだ。

番は獣人の伴侶《はんりょ》のことだと、式典の最中に教えてくれたのはマリエルだった。

獣人は非常に番を大切にするのだが、その傾向《けいこう》は血が濃《こ》ければ濃いほど顕著《けんちょ》になる。特に、獣頭で生まれてくる王族はその傾向が強く、番との関係を阻害《そがい》するものがあれば争いになる。

そしてそれには当然のように他の獣人も追従する。

以前それで滅《ほろ》ぼされた国があり、獣人の王族が番に対して求婚《きゅうこん》した場合、求婚された本人以外誰《だれ》にも拒《こば》めないという決まりができたのはそのあとらしい。

だからこそ、オズワルドはあのとき、悠真を助けるために求婚という手段をとってくれたのだろう。

おかげで、こうしてセイルダムを離《はな》れることができた。

だが、その事実がオズワルドにとって不利益になるのではないかと心配になる。

確かに、すぐに嘘《うそ》だと明かしてしまうのは問題なのだろうけれど、ライセール王国内にまで広まってしまったら、本当に番にしたい相手ができたときに困りそうなものだ。

ただ、その言葉を口に出して言えない理由があった。

随分《ずいぶん》と前のことだけれど、旅の途中《とちゅう》で恋愛《れんあい》に関する話をするような機会があったのだ。

長い旅であったから、常に張り詰《つ》めていたわけではなく、楽しいと思える時間もそれなりにあったのである。

そのときに、オズワルドには思い人がいるけれど、決して手に入らない人だと聞いていた。

だからこそ、好きな人ができたときに困るのでは、というのは口にしづらい。

そんなことを考えながら続き部屋のほうを覗《のぞ》くと、そこはやはり寝室だったらしく、大きなベッドが一つドンと置かれていた。

それを見て、悠真はこんなところにも弊害《へいがい》が、と思って小さくため息を吐《つ》く。番ならばベッドは一つでいいと判断されたのだろう。もっとも、これほどの大きさならば二人で使っても何の支障もなさそうなのが救いである。

「確かに、まだ番の儀式《ぎしき》はしていないが、その……今夜にでもと思っていたからな。少し逸《はや》ってしまったが、問題はないだろう」

「……番の儀式……？」

なんだか厳《おごそ》かな雰囲気《ふんいき》の言葉に、悠真は振《ふ》り返って首を傾《かし》げる。

今夜にでも、ということは、相手はおそらく自分なのだと思うが、そんなことまでしてしまっていいのだろうか？

「急《せ》かすようですまない。だが、ようやくと思えば我慢《がまん》がきかなくてな……情けない話だが」

照れたようにそう言われて悠真は戸惑《とまど》った。

「オズ……？　ええと、ようやくっていうのは……」

「ユウマが俺の伴侶――番になることを受け入れたことに決まっている」

嬉《うれ》しそうに言われて、悠真はもう一度首を傾げる。

そんな悠真に、オズワルドはくすりと笑った。

「言っただろう？　ずっと好きだったけれど、ユウマが元の世界に戻《もど》るために旅に参加したのだと言っていたから、伝えるべきではないと我慢していたんだ」

「え……」

言われてみれば、式典会場での求婚の台詞《せりふ》には、そのような言葉が入っていたように思う。

だが、まさか本当に？　本気で求婚していたというのだろうか？

確かに、旅の間もオズワルドはずっと悠真にやさしくて、戦闘《せんとう》の際には幾度《いくど》となく庇《かば》ってくれていた。悠真の立場に同情し、召喚《しょうかん》なんて方法で人を呼び寄せ、自国の民《たみ》ではない人間を討《とう》伐《ばつ》に出すのは卑怯《ひきょう》だと最初に怒《おこ》ってくれたのもオズワルドである。メンバーとは皆《みな》ある程度仲良くなったけれど、悠真が一番仲良くなったのはオズワルドで間《ま》違《ちが》いない。

オズワルドのことはもちろん人として好きだし、この世界では同性婚が認められている国が多いということも知っている。セイルダムではほとんど形骸《けいがい》化していたけれど、ライセールとバイラルディでは異性婚と変わらないという認識《にんしき》であることも聞いていた。

けれど、世界的にOKだとしても、悠真はこれまで同性を好きになったことはない。オズワルドが自分に向けている好意が、恋愛的な意味を含《ふく》むものだと考えたことは、一度もなかったのである。

しかし……。

「求婚を受け入れてくれて嬉しかった……」

やさしい目でそう言われ、悠真は何も言えなくなってしまう。

こんなに嬉しそうにしているオズワルドは、見たことがなかった。魔王を斃《たお》したあのときでさえ及《およ》ばないのではないかと思うほどだ。いつもは大人しくしている尻尾《しっぽ》までぱさぱさと音を立て揺《ゆ》れているではないか。

この状況《じょうきょう》で『自分はただの方便だと思っていた』と言える人間がいるだろうか。いや、どこかにはいるのだろう。けれどそれは少なくとも悠真ではなかった。

どうしよう、どうすれば、という言葉だけがぐるぐると脳裏《のうり》を回り、実際には一言も発することができないまま硬直《こうちょく》していることしかできない。

「やはり、性急だっただろうか。ずっと我慢していたからな、その……すまない」

「え、いや、あの……」

悠真が黙《だま》ったままだったせいか、少ししょんぼりした様子のオズワルドに、悠真は慌《あわ》てて口を開いたものの、やはり言うべき言葉が見つからない。

「性急とかじゃなくて、ええと……ま、前に好きな人はいるけれど、決して手に入らないって言ってたから……」

ついそんな言葉が零《こぼ》れてしまったのは、さっきまで考えていたことだからだろうか。

「ああ、覚えていたのか。あれはもちろんユウマのことだ。あのときは、元の世界に帰るのだとばかり思っていたからな」

「そ、そっか……」

だめ押しされたような形になって、悠真は自分をばかなのではないかと思う。

ついでにあのときの切なそうなオズワルドの表情まで思い出してしまい、ぐぬぬと唸《うな》りたくなってくる。

あのときだって、かわいそうすぎてどうにか慰《なぐさ》めたいと思ったのだ。まさかそれが自分だったなんて、思うはずもない。

「……すまない。ユウマがどれだけ元の世界に帰りたがっていたか知っているのに、無神経だったな」

「えっ、いや、それは別にオズのせいじゃないし」

悪いのは全部セイルダムの連中であり、オズワルドは帰還《きかん》を望む悠真のために、その想《おも》いを押し殺してくれてさえいたのだ。

結果的に今の状況をオズワルドが喜んでいたとしても、それを無神経だと詰《なじ》るつもりはなかった。むしろ、助けてくれたことに感謝している。

問題は、それを本当の好意ゆえと思わずに、セイルダムを離れるための茶番だと思って乗ってしまった自分自身にある。

そう、悪いのはどう考えても自分である。

「よかった。だが、俺のせいでないとしても、これからはユウマがこの世界を少しでも好きになれるように尽《つ》くすよ」

どこか重みを感じるほどに真剣《しんけん》な声でそう言われて、悠真は思わずオズワルドを見上げた。

甘さを含みながらも真剣な目に見つめられ、悠真は自分がずっとこの目に守られてきたことを思う。こうして、言葉にされてから見てみれば、どうして自分は今まで気付かなかったのかと思うほど、想いのこもった目だ。

――だからだろうか。

オズワルドの手がそっと頬《ほお》に添《そ》えられても、悠真は動けなかった。

ゆっくりと顔が近付き、唇《くちびる》に柔《やわ》らかいものが触《ふ》れる。

悠真にとっては、初めてのキスのはずだった。けれど、本当に申し訳ない話ではあるが、思い出したのは愛犬のコタロウとのキスだ。

当然のように嫌悪《けんお》感《かん》も何もなく、ただびっくりして目を見開いていると、オズワルドが目を細めて微笑《ほほえ》む。

「わっ」

唐突《とうとつ》に抱《だ》き上げられて、悠真はぱちぱちと瞬《しばたた》いた。

「やはり、これ以上待てそうにない」

オズワルドはそう言いながら、数歩先にあったベッドへと悠真を下ろす。

そのときも、悠真はまだぽかんとしていた。

これは、旅の中でも何度かこうして抱き上げられたことがあったせいもあるだろう。もともとあまりなかった体力が枯渇《こかつ》したときや、治癒魔法《ちゆまほう》の使い過ぎなどで倒《たお》れたとき、オズワルドがテントまで運んでくれることは、珍《めずら》しくなかったのだ。

けれど、のし掛《か》かるようにしてシャツに手を掛けられて、ようやくハッと我《われ》に返った。

いくら恋人《こいびと》を作ったことがない悠真であっても、全く知識がないわけではない。ここに来る前まではならまだしも、求婚《きゅうこん》が本気だったと知ったあとだ。いわゆる貞操《ていそう》の危機である。

「オ、オズ？　あの、ええと、こ、こういうのはさすがに早いんじゃないかなって……」

その気はないのだとはどうしても言えず、曖昧《あいまい》な言葉を口にしてしまった自分に内心舌打ちする。

「人族は婚姻《こんいん》後に行うらしいからそう思うのも無理はないんだが、俺たちは番《つがい》の儀式を行ってから親族に紹介《しょうかい》し、婚姻という順になるんだ」

「そう、なの？」

「番を誰《だれ》にも取られたくないという……独占欲《どくせんよく》の表れだと思ってくれ」

つまり、これから行うのは番の儀式ということなのだろうか。貞操の危機だと思ったのは早《はや》合点《がてん》だったのかもしれない。

「これから番の儀式、をするの？」

それをしてしまってからでは、さすがに番になる気はなかったのだとは言えないだろう。

どうにか思い留《とど》まらせなければと、思うのだが……。

「……だめか？」

「うっ……」

しょんぼり、としか言えない様子で耳を伏《ふ》せたオズワルドに、悠真は何も言えなくなってしまう。

悠真はどうにもこの、コタロウに似たオズワルドの顔に弱いのだ。

よしよしいい子だねと言って撫《な》で回したくなるし、ベッドに上げることはできないからと一緒《いっしょ》に床《ゆか》で寝《ね》てやったこともあった。

実際オズワルドのことも、ついつい撫で回してしまい、周囲をぎょっとさせたことが何度もある。オズワルド自身はそれを喜んでくれていたので、そのうちに周りの者たちも呆《あき》れたように笑うだけになったけれど。

今思うと、あの頃《ころ》からすでにオズワルドは自分を好きでいてくれたことになる。悠真が元の世界に帰ることを望んでいるのだからと気持ちを押し殺し、友人としてずっと傍《そば》にいて守ってくれていた。そのオズワルドを撫で回していたのかと思うと、さすがに自分の気遣《きづか》いのなさが悔《く》やまれる。

そう思いつつも、今も項垂《うなだ》れてしまったオズワルドを慰めてやりたかった。もちろん、オズワルドがしょんぼりしているのは、悠真のせいなのだと分かっているのだけれど。

「ユウマ……」

名前を呼ばれ、じっと見つめられるとつい、手を伸《の》ばして頭を撫でてしまう。途端《とたん》にオズワルドが嬉《うれ》しそうな顔になるのを見て、しまったと思ったがもう遅《おそ》い。

「ユウマ……好きだ。ずっと好きだった。好きだと言えるようになって嬉しい」

「……オズ」

その向けられた瞳《ひとみ》の澄明《ちょうめい》さに、悠真はすっかり参ってしまった。

三年間ずっと自分の傍にいて守ってくれて、自分を裏切った者たちから逃《のが》れるために手を差し伸べてくれた友人だ。

こんなふうに求められて、それでもと振《ふ》り切るには情が勝ちすぎていた。

それに何より、悠真はオズワルドにしょんぼりされることに弱いのである。なんでもいうことを聞いてあげたくなってしまう。

「……番の儀《ぎ》式《しき》って、どうするの？」

オズワルドの目がハッと瞠《みは》られたあと、ふわりと柔らかくなる。

「ユウマはじっとしていて。大丈夫《だいじょうぶ》、怖《こわ》くないからな。ちゃんと、痛くないように、気持ちよくしてやる」

説明になっていないと思ったけれど、最後の言葉が決定的である。やはり、そういうことなのだろう。

そして、どう考えても悠真は抱かれる側だ。

「本当に、痛くしない？」

自分が知っている方法ならば、人体の造り的に痛くないというのはいささか無理があるのではと思うのだけれど……。

「ああ、任せておけ」

戦いに挑《いど》むときのように、心強く頷《うなず》かれ、悠真は覚悟《かくご》を決めて小さく頷き返した。


「痛むか？」

その問いに、悠真は顔を片手の甲《こう》で覆《おお》ったまま、ゆるゆると頭《かぶり》を振った。もう片方の手は、ぎゅっとシーツを握《にぎ》りしめている。

「ひ、う……っ」

あれから、悠真は服を脱《ぬ》がされて、同じように全裸《ぜんら》になったオズワルドにゆっくりと快感を与《あた》えられた。

水浴びをしたり、共同浴場や天然の温泉を使ったりしたこともあったため、互《たが》いの裸《はだか》を見るのは初めてではなかったが、こんなふうに足を開かれて、覗《のぞ》き込まれるようなことは当然なかった。

いや単に覗き込まれているのではなく、あらぬところに指を入れられているのだが……。

それがもう、どれほど続いているだろう。絶対に五分や十分ではない。

まさか先ほどの『痛くしない』という誓《ちか》いが、かえって自分を苦しめることになるとは思ってもみなかった。

確かに、そこにオズワルドのものを入れるとなれば、簡単には済まないと思ったし、だからこそあまり痛いようであればと身が竦《すく》んだ。けれど、ここまで丁寧《ていねい》に解《ほぐ》されると、それはそれで身の置き場がない。

指はすでに三本まで増やされていたが、何度も何度も潤滑油《じゅんかつゆ》となる香油《こうゆ》を塗《ぬ》り込められているせいか、約束通り痛みはなかった。

ただ少し引き攣《つ》れているようなそんな感覚と、中をかき混ぜるたびに指が当たる場所から沸《わ》き起こる快感だけを与えられている。

「んっ……う……」

「ユウマ？」

「痛、くない……」

快感に腰《こし》の奥が蕩《とろ》けるようで、思わず声を上げてしまえばこうして確認《かくにん》される。もう訊《き》かなくていいのにと思うけれど、それでも、声が零《こぼ》れるのは痛いのではなく、気持ちがいいからなのだと口にするのは恥《は》ずかしかった。

けれど、口に出さずとも、しつこいくらいに指で広げられたそこは、快感を覚えるたびに指を締《し》めつけてしまう。

指を中で広げられ、くぷりと音を立てて中の香油が零れるに至って、悠真はついに音を上げた。

「も、いい……っ」

「ユウマ？」

「いぃ、から、指じゃな……て……オズの……入れ、て……」

悠真の言葉に、中をかき混ぜていた指が動きを止める。そのことに少しほっとしてしまう。

「だが、まだ痛むかもしれないぞ？」

「も、痛くても、い……から……」

こんなふうに焦《じ》らされて、体が少しずつ蕩けていく様子を見られるくらいなら、もういっそ痛いほうがましに思えた。

「──まったく……」

「あっ」

ずるりと、勢いよく指が引き抜《ぬ》かれ、その刺激《しげき》でびくりと体が震《ふる》える。

「オ、オズ……？　あ……」

オズの左手が、悠真の右膝《みぎひざ》の裏を摑《つか》み、さらに大きく足を開かされた。

「……ユウマにそう言われて、堪《こら》えられるほど俺は我慢《がまん》強《づよ》くない」

そっと手をずらして視線を向けると、足の間にオズワルドの腰が入り込んでいる。散々指で広げられていた場所を、固く立ち上がったものでゆっくりと撫でられた。

そこが、ひくりと震えるのを感じて、悠真は堪《たま》らずに目をぎゅっと瞑《つむ》る。

「もう、やめろと言ってもやめてやれないからな？」

「……ん」

小さく、ほんの少し顎《あご》を揺《ゆ》らすように頷くと、膝裏を摑んだ手にわずかに力がこもった。同時に熱を押し当てられた場所の圧迫感《あっぱくかん》が増す。

「あ……んぅ……っ」

開かれていく。

「息を止めないでくれ。ああ、そうだ……」

言われて初めて自分が息を止めていたことに気付き、悠真は呼吸を再開する。

途端――。

「ひぁ……っ」

ぐっと先端部分が中に入り込んできて、悠真は声を上げた。

「痛むか？」

「だ、いじょぶ……」

痛くはなかった。圧迫感と違和感《いわかん》はあるけれど、痛みも、そして快感も。

「よかった。このまま全部入れるからな。ゆっくりと息をして」

その言葉に、これで終わりではもちろんなかったのだと気付いて、今度は先ほどよりも深く頷いた。

「あ、あ……あぁっ」

徐々《じょじょ》に中を開かれていくのと同時に、先ほど指で擦《こす》られて快感を覚えていた場所を太いものが掠《かす》めて、悠真はびくりと腰を揺らしてしまう。

「ここか。あとでたくさん可愛《かわい》がってやる。だが、今は……」

「ふ……あ、あ……」

指では届かなかった深い場所まで入り込まれて、他人の体の一部が自分の中にあるのだという強烈《きょうれつ》な違和感になぜか少し泣きそうになった。

いやだとか、気持ち悪いとか、そういうのとは違《ちが》うけれど、もう戻《もど》れないような、そんな心許《こころもと》なさを感じる。

「オズ……っ」

だから、つい縋《すが》るようにオズワルドの名を呼んで手を伸《の》ばした。

オズワルドがハッとしたように目を瞠り、熱のこもった瞳《ひとみ》を蕩けさせて悠真のほうに上半身を寄せてくれる。

その引き締まった逞《たくま》しい肩《かた》にぎゅっと抱《だ》きついて、ふさふさとした被毛《ひもう》に頬《ほお》を寄せる。そうすると、少しだけほっとした。

そうして、そのままもっと深い場所まで満たされていく。もういっぱいだと思ってからもまだ入ってくるものに、少し息が苦しくて、けれど必死で呼吸を繰《く》り返す。

やがて、オズワルドの動きが止まった。

「ぜ、んぶ、入った……？」

いつの間にか閉じていた目を開き、囁《ささや》くような声で問う。

「ああ、上手に呑《の》み込めたな。痛くないか？」

その言葉に、肩口に額を擦り付けるようにして頷《うなず》いた。オズワルドが、ほっとしたように息を吐《は》いたのが分かる。

だがオズワルドはしばらくはそのまま、動かずにいてくれた。少しずつ、悠真の呼吸が落ち着いてくる。

「もう動いても大丈夫《だいじょうぶ》そうか？」

やめろと言ってもやめてやれない、などと言っていたのに、どこまでもやさしいオズワルドに悠真はこくりと頷く。

このままでは終わるに終われないことくらいは、悠真にだって分かる。

「ん……だい、じょうぶ、動いて……」

そう口にした途端《とたん》、オズワルドのものがわずかに抜かれた。けれど、それはすぐさまもう一度奥へと突《つ》き入れられる。

「んっ……あ、あ、あ……っ」

とんとん、と奥を突くようなわずかな動きが、徐々に大きくなっていくにつれ、少しずつ悠真にもたらされたのは、間違いなく快感だった。

「や、あっ、待って……あ、あっんっ」

「どうした？　痛みはないだろう？」

そう問いながらも、オズワルドの腰は止まることなく悠真の中を攻《せ》め続けている。

確かに痛みはない。けれど、オズワルドが奥を突くたびに、先ほどまで指で与《あた》えられていたのともまた違う、何かが漏《も》れ出しそうな、今までに感じたことのない快感が沸き起こってくる。

「あっ、な、か……へ、変だから……っ」

「ああ、中で上手《うま》く快感が拾えているようで、よかった。そのまま、もっと気持ちよくなってくれ」

「え……ひ、ぁっ、あ、あ！」

ますます激しくなった動きに、今度は指で触《ふ》れられて気持ちがよかった場所までも擦られて、悠真は濡《ぬ》れた声を零す。

先ほどまでとはまた違う種類の快感に、中をきゅっと締めつけてしまう。狭《せま》い場所を開くように擦られて、快感はますます強くなった。

「あっ、あっ……ひぅっ」

抉《えぐ》るように内壁《ないへき》を突かれて、いつの間にかすっかり立ち上がっていたものからとろりと先走りが零《こぼ》れる。

「あ、あぁっ、まって、あっ、も……っ、やぁっ」

深い場所へ何度も突き入れられるたび自分の口から零れる声や、初めてなのに、信じられないくらい感じてしまっていることが恥《は》ずかしい。

だが、堪えることはできない。気持ちがよすぎて、おかしくなりそうだった。

「あっ、やっ……だめ、だめ……っ、あっあっんっ」

ゆるゆると頭《かぶり》を振《ふ》るけれど、甘い責め苦は終わることがなく……。

「や、も、イク……っ、イッちゃ……あ――……!」

びくびくと体を震わせて、悠真は絶頂に達した。あまりの快感に目の前がチカチカする。

だが、これで終わりではなかった。

「ひぅ……っ」

荒《あら》い息を零していた悠真の中から、ずるりと固いままのものが引き抜かれる。力が入らずぐんなりとした悠真の体を、オズワルドがやさしくうつ伏《ぶ》せにした。腹の下に枕《まくら》のようなものを入れられて、少し腰《こし》を上げた体勢にされる。

「悪いがもう少し、付き合ってくれ」

「あ、あぁ……!」

腰を摑《つか》まれ、今度はうしろからゆっくりと中に埋《う》められて、悠真は高い声を上げた。イッたばかりのそこは、ヒクヒクと不規則に震《ふる》えては中を締《し》めつける。

「ん、あ、あ、あっ」

先ほどまでとは違う角度で内壁をごりごりと擦られて、膝《ひざ》が震えた。オズワルドに腰を摑まれていなかったら、すぐにでも崩《くず》れ落ちていただろう。

中を突かれるたびに押し出されるように声が零れ、再びじわじわと快感が身の内を焼く。

こんなに気持ちがいいことだなんて、知らなかった。

腰を摑まれ、先ほどよりもさらに激しく抜《ぬ》き差しを繰り返されて、悠真はぎゅっとシーツを握《にぎ》り締める。

「だめ…っ、も、あっ、あ……っ」

「もう少し……っ」

そう言うと、腰を摑む手に力がこもった。

「あぁっ！」

腰を引き寄せるようにして、最奥《さいおう》まで突き入れられる。

「ユウマ……っ」

「あぅ……っ」

どくりと、深い場所に何かを注ぎ込まれて、悠真はオズワルドが自分の中で絶頂を迎《むか》えたことに気付いた。

「あ……あ……っ」

背中に覆《おお》い被《かぶ》さるようにして抱き寄せられながら、まだ中で出されているのを感じる。中がいっぱいになっていくような感覚が少しだけ怖《こわ》い。

そして……。

「ああっ……!」

項《うなじ》に不思議な熱と快感を同時に覚えて、悠真はその背をぎゅっと反らせた。

くらりと目の前が撓《たわ》んで、意識が遠ざかる。

「ユウマ……ようやく、番《つがい》にできた……」

そんな声を、最後に聞いた気がした。

◇

「あー……」

眼下でしぶきを上げている水面を見つめて、悠真はため息とも唸《うな》り声ともつかぬものを零した。

ここは船の上で、その船は現在、旧都から王都へと向かっている。

昨夜、行為《こうい》の最中に気を失った悠真が目を覚ましたときには、すでにこの船の上にいたのである。

――思わぬことになってしまった。

昨夜は流されるように抱《だ》かれてしまい、番の儀式《ぎしき》とやらも終わったようだ。おそらく、儀式とは抱かれることだけでなく、あの最後に項に感じたのが重要なものだったのだろう。

悠真は自分の項にある傷跡《きずあと》を指で辿《たど》る。

悠真が自分で治療《ちりょう》するまでもなく、ポーションと呼ばれる魔法薬《まほう》で治療はされていたが、傷跡は消えずに残っている。これこそが、儀式だったのだろうと思う理由だ。

悠真の治癒《ちゆ》魔法ならもちろんだが、この程度の傷ならば本来ポーションであっても傷跡は残らない。

だが、儀式などで付けられる傷は、そこに証跡《しょうせき》として残るのだ。

最も一般《いっぱん》的なものは、教会に所属する者たちの聖痕《せいこん》と呼ばれる傷だった。悠真はそれを旅の仲間に見せてもらったことがあったし、教会兵を騙《かた》る者の傷を治癒魔法で消して、その正体を暴《あば》いたこともある。

ともかく、この傷があることが、獣人《じゅうじん》の番であることの証《あかし》になるのだろう。

傷が残るほどに――おそらく噛《か》まれたのだと思うが、それがもたらしたのが痛みではなかったことが驚《おどろ》きではある。

「番、かぁ……」

ぽつりと呟《つぶや》いた悠真の近くには誰《だれ》もいない。

目が覚めるまで傍《そば》にいてくれたオズワルドは、船長に話があるからと部屋を出て行き、悠真はその間に甲板《かんぱん》に出てきたのだ。

部屋から出ないようにとは言われなかったし、少しだけ広い場所で風に当たりたかった。

幸い、船室の外にいた獣人の青年に声をかけたところ、気分転換《てんかん》ならば甲板に出ることを勧《すす》められたので、素直《すなお》に従ったのである。

体調のほうは自分で調整をかけられるし、船酔《ふなよ》いなども都度治せるのであのまま船室にいたところで特に問題はなかったのだけれど……。

遠くに視線を向けると、そこには陸地が見えていた。この船は沿岸を走り、のちに川を上って王都へと至るらしい。

オズワルドの生国であるライセールは旅の途上《とじょう》にはなかったため、悠真が行くのは初めてだった。

豊かな国で、畜産《ちくさん》が盛《さか》んで……鉱山なども多くあるらしい。ただ、そこに魔物が住み着いて困るというようなことを言っていた。あれは、魔王がいなくなったことで解決されたのだろうか？

仲間達がどんな国に暮らすのか、そんな話を旅の中で幾度《いくど》も聞いたものだ。

あのときはどれだけ興味を持っても、いつか行きたいと口にすることは一度もなかったけれど。

まさか、こんな形でオズワルドの国へ向かうことになるとは、思ってもみなかった。

――帰れるのだと、思っていたから。

なんだろう。こうしてようやくセイルダムを出て、ぽっかりと一人の時間を持ったせいだろうか？

怒濤《どとう》の展開を経《へ》て、妙《みょう》な脱力感《だつりょく》を感じるとともに、じわじわと元の世界に帰れないという事実に気分が凹《へこ》んできた。

一体自分の三年間はなんだったのだろう？

もちろん、本当は帰れることにだって不安はあった。

悠真の元の世界での最後の記憶《きおく》は、自らに迫《せま》るヘッドライトである。衝撃《しょうげき》を受け、あ、死んだ、と思った次の瞬間《しゅんかん》に見知らぬ場所にいたので、実際に死ぬほどの怪我《けが》だったのか、生きられる程度の怪我だったのかは分からない。

そのため、もし帰れたとして自分が生きているのかは五分五分だろうなと思っていた。

そして、もし生きていたとしても三年間もの空白と、この世界で得た価値観との相違は残る。

だが、それでも帰るつもりだったのだ。

覚悟《かくご》を不意にされた呆然《ぼうぜん》とした気持ちとともに、もうすぐ再会が叶《かな》うはずだった家族との別《べつ》離《り》が永遠のものになったという失望を感じたとしても当然ではないか。

それに、冷静になってみればこれからのこともよく分からない。

なにせオズワルドの求婚《きゅうこん》を受け入れたときは、逃《に》げるための方便だと思っていたくらいだ。

実際に番になることについてなど、何も考えていなかった。

オズワルドは王太子であり、その番というのは一体どういうものなのだ……？

そんなことを考えて、ため息を吐《つ》いたときだった。

「ユウマ、ここにいたのか」

「……オズ」

声に振《ふ》り向くと、どこかほっとしたようなオズワルドがこちらに向かってくる。

「酔ったわけじゃないな？」

そう言いながら、悠真と並び、船縁《ふなべり》に背を預けたオズワルドに、苦笑《くしょう》する。

「それくらい自分で治せるよ」

「ああ、そうだな」

そう頷《うなず》いたオズワルドを見ながら、ふと思う。

「でも、オズはいつも心配してくれるね」

悠真が自分の不調など、簡単に治してしまえるようになってからも、いつだって何かあるたびに大丈夫《だいじょうぶ》かと声をかけてくれた。

「傷も、不調も治せるとしても、痛みがなかったわけじゃないだろう？」

「……うん」

確かにそうだ。治るからといって、平気なわけではない。むしろ痛みには昔から弱いほうだ。

ひょっとして、それだから自分には治癒魔法なんてものが与《あた》えられたのだろうか。

当然だが、元の世界にいたときは持っていなかった力を、どこで、もしくは誰から得たのかは分からないけれど。

「それに、心まで治せるわけでもない」

オズワルドの言葉に、微笑《ほほえ》もうとして失敗した。くしゃりとしてしまっただろう表情を隠《かく》そうと、悠真は海へと視線を向ける。

オズワルドは船縁から背を離《はな》すと、悠真のほうへと体を向ける。

「……やはり、いやだったか？　俺は、お前に無体を強《し》いただろうか」

その言葉に慌《あわ》ててオズワルドを見れば、三角の耳までしょんぼりとしていた。

「ち、違《ちが》うよ⁉　そ、そりゃ、あの、いろいろ思うところもあるっていうか、びっくりしたっていうか、ええと――――」

ますます凹んでいくオズワルドに、悠真は焦《あせ》りつつも一度言葉を呑《の》み込む。

「とっ、とにかく！　噛まれたのはびっくりしたけど、いやだったわけじゃないから！」

「……本当か？」

「う、うん」

あれ、自分は何を言っているのだ？　と思いつつも、やっとピンと耳を立てわずかに尻尾《しっぽ》を揺《ゆ》らしたオズワルドを見れば、頷いてやるほかない。

それに、痛くしないという約束だって、しっかり守ってくれたのだ。

「なら、ユウマが落ち込んでいたのは別のことか？」

重ねてそう問われて、悠真は頷くしかなくなってしまう。落ち込んでなどいないと言っても、信じてはくれないだろう。

「ずーっと、帰れると思っていたから、今更《いまさら》だけどほんとに帰れないんだなぁって凹んでただけ。これまではセイルダムを出ることで頭がいっぱいだったし……」

「そうか……そうだろうな」

オズワルドが頷いてくれるのを見て、悠真はもう一度海のほうへと向き直り、船縁に肘《ひじ》を突《つ》くとその上に頬《ほお》を乗せる。

「それに、俺、よく考えないでその、オズの番《つがい》になるの了承《りょうしょう》しちゃったけど、王太子の番とか、俺どうしたらいいのかよく分かんなくて……」

「そのことなら、別に心配しなくてもいい」

申し訳なさに小声になってしまう悠真に、オズワルドは安心させるようにそう言ってくれたけれど、それはさすがに無理だろうと半眼になってしまう。

だが……。

「そんな顔をするな。実際、王太子といっても、王位を継《つ》ぐ予定はないと言っただろう？」

「それは、聞いたけど……」

随分《ずいぶん》前のことだが、そういうものなのかと驚《おどろ》いたのでよく覚えている。

オズワルドは現在の国王の弟に当たり、王太子とされるのは国王の息子《むすこ》、つまり甥《おい》が成人するまでの間のことらしい。

成人後はそちらが王太子となり、オズワルドは臣籍《しんせき》降下し、公爵《こうしゃく》になるのだという。

「公爵でも十分過ぎるくらい偉《えら》いだろ。俺は根っからの庶民《しょみん》だし、人族だし、そもそもこの世界の人間ですらないし……」

口にすればするほど、じわじわと不安が湧《わ》き上がってくる。

「――ていうか、そもそも俺、オズの家族に認めてもらえるのかな？」

本当に今更ながら根本的なことに気がついて、ハッと顔を上げる。ところが、オズワルドはそんな悠真を見て笑い出したではないか。

「オズ⁉」

「ああ、すまない。悠真があまりにも可愛《かわい》いから……」

「かっ、か……」

可愛くはないだろうと思ったけれど、なぜだか言葉が出ない。今までだったら呆《あき》れて否定したところだったのに、今はなんだか恥《は》ずかしさに頬が火照《ほて》る。

「可愛い」

狼狽《うろた》えていたら、もう一度言われた。その上、ぎゅっと抱《だ》きしめられて言葉を失ってしまう。

「大丈夫。ただ傍《そば》にいてくれればいい。……やりたいことも、ゆっくり探していけばいい。俺も手伝う」

その言葉に、悠真は胸の奥がぎゅっとなった。

傍にいるだけでいいと言ってくれるような人が、自分にはいるのだと思ったら、それはとても幸福なことのように思える。

「……ありがとう、オズ」

オズワルドの胸元《むなもと》に顔を埋《うず》めて、もごもごとそう言うと、オズワルドは小さく相槌《あいづち》を打ち、さりりと悠真の首筋の傷を指で撫《な》でたようだった。

◇

「おかえりなさいませ、オズワルド殿下《でんか》」

転移門から零《こぼ》れる転移後の光が晴れると、そこには二人の騎士《きし》と、文官らしき、ほっそりとした体軀《たいく》の男が一人立っていた。

声をかけてきたのは、文官の男だ。耳と髪《かみ》の色は茶色で、目はそれよりも薄《うす》い琥珀色《こはくいろ》。歳《とし》はオズワルドと変わらないように見える。

ちなみに三人とも頭の上に耳があったが、尻尾が見えないこともあって、種族まではパッと分からない。なんだろうとは思ったけれど、種族を訊《き》くのは少々礼儀《れいぎ》にもとる行為《こうい》だと教えられたことがあるため、疑問を口には出さなかった。

尤《もっと》も、タブーというほどのものではなく、人間同士で言うなら、性別や年齢《ねんれい》を訊くような感覚らしい。見て推《お》し測れるものではあるし、気にしないものは気にしないが、基本的には親しくもない相手に直接訊くのは失礼ということのようだ。

男は悠真の姿を見ると、丁寧《ていねい》にお辞儀《じぎ》をしてくれる。値踏《ねぶ》みするような視線を向けられたり、睨《にら》まれたりしなかったことに内心ほっとした。

ここは、ライセールの王城内にある転移の間だ。

船を下り、港から少し入った街まで馬車で移動すると、その先は転移門を使った移動になった。港に転移門を置かないのは、もちろん海からの襲撃《しゅうげき》などを避《さ》けるためだろう。

「ああ、今戻《もど》った。兄上は？」

「もう皆様《みなさま》お待ちですよ」

にこやかに微笑んだ男に、オズワルドが苦笑《くしょう》する。

「ああ、ユウマ、これからも顔を合わせることがあるだろうから、紹介《しょうかい》しておく。こいつは俺の側近の一人でレイ」

「レイノール・カーサと申します。どうぞお見知りおきください」

「は、はい。悠真です。よろしくお願いします」

ぺこりと頭を下げると、ふふ、と柔《やわ》らかな笑い声がした。

「ユウマ様のほうが私よりもずっと身分が高いのですから、頭など下げる必要はありませんよ」

「そうそう。レイに気を遣《つか》う必要なんてないからな」

オズワルドの言葉はレイノールを下に見ているというより、身内のようなぞんざいさで、なんだか少し微笑ましい。レイノールもそれは分かっているのだろう、苦笑したものの、その通りだと頷《うなず》いた。

「では、参りましょう」

レイノールがそう言って歩き出すと、悠真はオズワルドに促《うなが》され、そのあとに続く。騎士たちはその場に留《とど》まったので、オズワルドの護衛ではなく、転移の間の警備をしている者たちなのだろう。

オズワルドの強さは悠真もよく知っているので、然《さ》もありなんと思う。

転移の間のあった建物を出て、そこから少し馬車に乗り、別の建物へと移動する。馬車を降りた先にあったのは、白灰色の屋根を持つ、美しい宮殿だった。

その扉《とびら》を潜《くぐ》り、階段を一つ上がる。その先にあった重厚《じゅうこう》な扉を、レイノールがノックする。

「オズワルド殿下と、番のユウマ様をお連れいたしました」

「入れ」

中から声がして、レイノールが扉を開けてくれた。オズワルドに連れられて、悠真も一緒《いっしょ》に室内へと足を進める。

広く、天井《てんじょう》の高い空間に、いくつものソファセットが置かれていた。ドア付近や窓の傍に騎士の姿があり、壁《かべ》沿いに何人かのメイドの姿もある。

そのほかの者たちは、一つのソファセットに集まって寛《くつろ》いでいたようだ。

「待っていたぞ」

そう言ったのは、オズワルドと同じ、狼《おおかみ》の顔をした男だった。毛の色は灰色で、オズワルドとは違《ちが》うが、目の色はそっくりだった。その並びにいるのは、少し大きめな三角の獣耳《けものみみ》の美しい女性と、声を上げた男性を二回りほど小さくしたような、狼の顔の少年である。

卓《たく》を挟《はさ》んだ斜《なな》め向かいのソファには、少し薄い灰色の毛をした狼の顔の男性と、うさぎらしき長めの耳をした小柄《こがら》な女性がいる。女性は五十代くらいに見えるので、そちらの二人はオズワルドの両親なのかもしれない。

となると、声を上げたのがオズワルドの兄であり、現国王ということだろうか。

緊張《きんちょう》に少し、体が強《こわ》ばる。

「ただ今戻りました」

オズワルドがそう言うと、ソファに座るように促され、オズワルドは国王らしき男の前に、悠真はオズワルドの隣《となり》に座る。悠真の向かいになった三角耳の女性が、やさしげに微笑《ほほえ》んでくれたのを見て、少しだけほっとした。

「まぁ、そちらの方が？」

そう言ったのは、うさぎ耳の女性だ。

オズワルドは頷き、悠真を紹介すると、続いてその場にいた全員を紹介してくれた。

やはり考えていた通り、最初に声をかけてきた男性が国王で、隣が王妃《おうひ》と息子の第一王子、もう一組の男女がオズワルドの両親である、先王と王太后だった。

「番《つがい》を得ることができたと聞いて、安心したぞ」

「ええ、本当に」

「ありがとうございます」

両親からの言葉に、オズワルドも嬉《うれ》しそうに応《こた》える。

「ユウマといったな」

「は、はい」

王に声をかけられて、悠真はそちらへと視線を向けた。

「そなたの事情も聞いた。不憫《ふびん》なことだ。あの国に対して思うところもある。だが、今は国として、その件についてしてやれることはないのだ。理解して欲しい」

「え……ええ、もちろんです」

まさか、そんなことを考えてくれていたとは思わず、当然だろうと悠真は大きく頷く。

「オズの番のためだと思えば、報復の一つや二つしてやりたいところだがなぁ」

先王のやや物騒《ぶっそう》な言葉に、王も王妃も頷いている。あらあらと苦笑しているのは王太后だけだった。

「魔王《まおう》出現の予言がもたらされてから、魔王を斃《たお》したのちの一年。その間は条約により、国境域を越《こ》える争いは禁止されているのだ」

王はそう言ってふう、とため息を吐《つ》く。

予言布告されてから斃されるまでは、数の増える魔物の相手でそれどころではないし、のちの一年は復興などもある。その間は国同士の争いは御法度《ごはっと》ということらしい。予言自体は魔王の出現の三ヶ月ほど前にもたらされるらしく、戦争を行っている国は出現を待たずして、すぐさま和平を結ぶことが決まっているらしい。

尤も、そうせずとも魔王を斃してから百年が経《た》つ頃《ころ》になれば、大抵《たいてい》の国はいつ復活してもおかしくはないと守りを固めることに注力するため、小競《こぜ》り合い程度はあっても、直前まで大規模な戦争をしているということは少ないらしい。

ともかく、これから一年は武力による戦《いくさ》の禁止だけでなく、経済的にも協調姿勢が求められるのだとか。

「彼《か》の国の使った『召喚魔法《しょうかん》』は禁術だ。一年が過ぎれば批判の声を上げることもできるようになる。それまでは待つように。——オズもいいな？」

「分かっていますよ」

王の言葉にオズワルドも頷く。けれど、その目はどこか剣呑《けんのん》な色を滲《にじ》ませていた。

そんなことは考えなくていいのだと、焦《あせ》ったり、止めたりするべきなのかもしれないが、正直なところ、オズワルドが怒《おこ》ってくれているのだと分かって、少し嬉しくなってしまう。

もちろん、それで戦争などは起こして欲しくないけれど……。

そんなことを思いつつ、ちらりとオズワルドを見ると、視線に気付いたらしいオズワルドはその目から剣呑さを消して微笑んでくれる。

「ユウマだけの問題ではないから、責任を感じる必要はない。召喚魔法が禁術とされたのには、それなりの歴史があるんだ。その犠牲者《ぎせいしゃ》が出た以上、どの国も放《ほう》ってはおかないから、安心していい」

「……うん。ありがとう」

ユウマが頷くと、尻尾《しっぽ》の先がふさりと揺《ゆ》れた。

「そうね。召喚なんて、まさかそんなことをする国がまだあったなんて、本当に困ったものだわ」

王太后がそう言うと、その小さな肩《かた》を先王が抱《だ》き寄せる。

そのときになって、悠真は先王が隻腕《せきわん》であることに気付いた。ゆったりとした服装と、不自然さのない動き、そして何より緊張でこれまで気付かなかったのだ。

そういえばオズワルドの兄が戴冠《たいかん》したのは、自分たちが旅をしている最中で、原因は国王の怪我《けが》による引退だと聞いた覚えがある。

「ともかく、我々《われわれ》は皆そなたを歓迎《かんげい》する」

「あ、ありがとうございます」

考えごとをしていた悠真は王の言葉に慌《あわ》てて頭を下げた。王は気にするなと言うように笑ってくれる。

「オズ、結婚式《けっこんしき》は半年以内に挙げるように予定を調整するぞ。早めにそなたの番として国と結び付けたほうが安心だろう」

「ええ、頼《たの》みます」

頷き合う兄弟を見ながら、結婚式ってそんなにさっとやってしまえるものなのだろうか？　という疑問と、自分とオズワルドで式を？　という疑問でいっぱいになっていた。

だが、さすがにこの場で疑問を口にしたり、ましてや異を唱えたりするような勇気はない。

準備を手伝おうとわくわくした様子の女性陣《じん》の様子を視界に収めつつ、悠真は微笑みを浮《う》かべているので精一杯《せいいっぱい》だった。

顔合わせらしきものが終わったあとは、オズワルドは悠真が疲《つか》れているだろうからとあの場を辞してくれた。

夕食も、晩餐《ばんさん》への出席を断ってくれたので、内心ほっとしている。意外なほど歓迎されているとは感じたけれど、それでも突然《とつぜん》国の一番偉《えら》い人たちと一緒に長い時間を過ごすのは緊張するし、相手がいわゆる義理の家族であるならなおさらだ。

そうして、再び馬車に乗って連れられてきたのは、水色の屋根がどこかかわいらしい、宮殿《きゅうでん》の一つだった。

どうやらここが、オズワルドが子どもの頃から暮らしている離宮《りきゅう》らしい。

「あと三年はここで暮らすことになる。自分の家だと思って、好きに過ごしてくれ」

「三年？」

「ああ、パーシヴァルが立太子するのがその頃だからな」

パーシヴァルというのは先ほど紹介《しょうかい》された第一王子の名前だ。

国によって多少のばらつきはあるようだが、ライセールでは十五歳で成人とされ、王子は成人を迎《むか》えるとともに立太子されることになるのだという。

「王子様は十二歳だったのか……」

「意外か？」

「随分《ずいぶん》落ち着いていたから、もうちょっと上かと思ってた」

そんな話をしつつ、離宮の中へと足を進める。

中の廊下《ろうか》はクリーム色とほんの少し水色がかった灰色の壁紙《かべがみ》に、グレーの縁取《ふちど》りのある落ち着いた紺色《こんいろ》のカーペットが敷《し》かれていて、どこかほっとするような内装だ。

食堂やサロンの場所などを案内されつつ階段を上がり、図書室や書斎《しょさい》の場所なども説明される。そうして最後に連れて行かれたのは、悠真のものだという部屋の前だった。少し後ろを歩いていたレイノールが前に出て、ドアを開けてくれる。

次の間と呼ばれる小部屋を通り抜《ぬ》けると、その先の居間らしき広い室内には食事もできるようなテーブルと、ソファセットなどが置かれていた。目に見える範囲《はんい》にベッドがないことからして、奥の続き間が寝室《しんしつ》だろうか。

「ここを使っていいの？」

「ああ、もちろん。隣は俺の部屋だから、何かあればいつでも来てくれ」

その言葉に悠真はこくりと頷《うなず》きつつ、奥へと進む。

寝室は天蓋《てんがい》のついた大きなベッドと鏡台、ライティングビューローが置かれていて、どこに続いているのか、ドアが三つあった。

「こっちは全面に絨毯《じゅうたん》を敷かせてある。前に裸足《はだし》で過ごせるような部屋があれば、と言っていただろう？」

オズワルドにそう言われて、悠真は目を瞠《みは》った。確かに、寝室のほうは扉《とびら》の前の一角を除き、毛足の長い絨毯が全面に敷かれている。

昔、自分のいた国では室内では裸足で過ごしていたという話をしたことがあった。あれを覚えてくれていたのかと、嬉《うれ》しくて胸の奥がじんわりと温まるような気持ちになる。

「客や使用人の出入りもあるから、全《すべ》ての部屋というわけにはいかなかったが……」

「十分だよ！　ありがとう……オズ」

そもそも自分がこちらに来ることに決まったのは、つい二日前のことであり、魔法ですぐに報《しら》せを出したとしても、この短期間で準備を整えるのは大変だっただろう。

「ユウマが喜んでくれてよかった」

そう言ったオズワルドに頷いて、悠真は早速《さっそく》靴《くつ》を脱《ぬ》ぐと絨毯に足を着けてみる。

「わ……」

思った以上にふわふわの感触《かんしょく》に、悠真はぱちりと瞬《しばたた》き、それから微笑《ほほえ》んだ。

「すごい、気持ちいい」

これはあとで絶対に、靴下越《ご》しでなく裸足で楽しまなければ、と思う。

「……それならよかった」

「うん！　ほら、オズも乗ってみて」

「いいのか？」

「当たり前じゃん」

悠真は笑ってそう言うと、オズワルドがブーツを脱ぐのを待つ。

「——ああ、確かにふわっとしているな。これなら冬が来ても問題ないだろう」

そんなことまで考えてくれていたのかと思いつつ、悠真は大きく頷く。それから、オズワルドに一言断って、三つあるドアを開けに行った。

ドアは一つが洗面台と浴室、もう一つが衣装《いしょう》部屋で、最後の一つには鍵《かぎ》が掛《か》かっているようだ。

「ここって……」

「ああ、この鍵だ。預けておこう」

そう言って、小さいながらも重みを感じる金色の鍵を手渡《てわた》された。

「開けて大丈夫《だいじょうぶ》なの？」

「もちろん」

そう言われて、悠真はその鍵を鍵穴に差し込んだ。

「このドアは俺の部屋に繋《つな》がっているんだ」

「え？」

隣《となり》だとは聞いたが、まさか中でも繋がっているとは思っていなかった。

「番《つがい》の部屋だからな。何かあれば……いやなくても、いつでも開けていい」

さらりと言われたけれど、そんなことを言われたらさすがに寝室と繋がっている意味を考えてしまう。頰《ほお》がカッと熱くなるのを感じた。

けれどすでに鍵を差し込みまでして、開けないのはなんとも不自然な気がして、悠真はカチンと鍵を開けると、ドアの向こうをちらりと覗《のぞ》き、すぐにドアを閉めた。

そんな悠真を見て、オズワルドが愉快《ゆかい》そうに笑う。

「そちらは絨毯がまだなんだ。ユウマが訪ねてくれるなら急がせるけどな？」

「よ、夜は一人でゆっくり寝《ね》たい派だから」

悠真のそんな拙《つたな》い言い訳も、オズワルドは受け入れてくれたようだった。苦笑《くしょう》しつつも頷いてくれる。

オズワルドの求婚は本物で、悠真はすでに番の儀式《ぎしき》も終え、親族への紹介ののち、同居、さらに結婚式の予定まで入ってしまっている。まさに八方塞《はっぽうふさ》がりというか、完全に外堀《そとぼり》は埋《う》まって盛り土までされているような状態だが、それでも悠真の気持ちが整うのを待ってくれるらしいと分かってほっとする。

そんなことを考えていると、ふわりと紅茶のいい香《かお》りがした。

どうやら一緒《いっしょ》に来ていたレィノールが、お茶の支度《したく》をしてくれていたらしい。

それならばと居間に戻《もど》ろうとしたところで、靴の横に柔《やわ》らかそうな室内履《ば》きが置かれていることに気付いた。

「履《か》き替える手間が少ないほうがいいと思って用意させた」

ブーツを履き直しながら、そう言ってくれるオズワルドに礼を言って、スリッポンのような室内履きに足を入れる。

けれど、さっき靴を脱いだときには確かになかったような気がするのだが……。

などと思いつつ居間へ戻ると、いつの間にかそこには一人の少年がいて、お茶を淹《い》れていた。

侍従《じじゅう》らしきお仕着せを着た、獣人《じゅうじん》の少年だ。

「レイはどうした？」

「来客があったようです」

客？　と首を傾《かし》げつつ、オズワルドが振《ふ》り返って悠真を見た。

「ユウマ、紹介する。こっちはローディ。ユウマ専属の侍従だ」

オズワルドの言葉に、ローディと呼ばれた少年は深々と頭を下げる。少し赤みがかった茶色の髪《かみ》と耳をしていた。歳《とし》は十五前後に見える。耳の形がレイノールとよく似ているので、同じ種族なのかもしれない。

ひょっとすると、先ほどの室内履きも、気付かないうちにこの少年が置いてくれたのだろうか。

「ええと……悠真といいます。こういう生活は初めてだから、面倒《めんどう》をかけることもあると思うけどよろしく」

「……はい、よろしくお願いします」

「ユウマが基本的なことは自分でできることと、部屋に控《ひか》えている必要はないことは説明してあるからな」

その言葉に少しだけほっとする。正直、自分専任の使用人がいるというだけでも贅沢《ぜいたく》すぎると思うのに、ずっと部屋にいられたら気が休まりそうになかったので助かる。

「何かあればあのベルを鳴らすといい」

「うん、分かった」

指さされたほうを見れば、テーブルの上に小さなベルが置いてあった。あんな小さなベルで、と思うけれど音で魔法《まほう》を発動する魔道具は多いので、あれも魔道具の一種なのかもしれない。

「お茶はソファのほうでいいか？」

オズワルドの言葉に、悠真が頷いたときだった。ノックの音がして、ローディがそちらへと向かう。

どうやらレイノールだったらしく、オズワルドは一応悠真に断ってから、入室の許可を出した。

「――オズワルド殿下《でんか》」

「どうした？　来客だと言っていたが……予定はなかったはずだな？」

「ええ、予定にはありませんが、ゼクシア公爵《こうしゃく》が是非《ぜひ》お二人にお祝いをと、強引《ごういん》にサロンに居座られておりまして」

レイノールの言葉に、オズワルドが嫌《いや》そうに顔を顰《しか》める。

「どう考えても、ユウマ目当てだろうな」

「でしょうね」

二人が揃《そろ》ってため息を吐《つ》くのを見て、悠真は困惑《こんわく》する。

「ええと、ゼクシア公爵って……？」

「俺の叔父《おじ》に当たる人物だよ。悪い人じゃないんだが、魔法研究の第一人者でな……」

「魔法研究……」

その人物が、自分を目当てで訪ねてくるということはつまり……。

「治癒《ちゆ》魔法について話が聞きたいとか、そういう感じ？」

「いや、召喚《しょうかん》魔法と異世界についてだろう。叔父上の研究対象がその辺りなんだ。召喚魔法は禁術だが、研究まで禁じられているわけじゃないからな」

とは言え、実践《じっせん》が禁じられていることや、あまり発展の見込めない分野であることから、研究者は少なく、異端視《いたんし》されてはいるらしい。

「仕方ない。直接行って断ってくるから、ユウマはここにいてくれ」

だが、悠真としては相手がオズワルドの叔父であるということと、なにより召喚魔法の研究をしているということが気になった。

ひょっとして、元の世界に帰る糸口になったりしないだろうかと、どうしても考えてしまう。この状況《じょうきょう》で、そんなことを考えてしまうことに罪悪感がないわけではない。けれど……。

「待って、オズ。俺、会ってみたい」

「ユウマ……」

「オズの叔父さんなんだろ？　それに、研究のことも、聞いてみたいから」

悠真の言葉にオズワルドはしばらくの間逡巡《しゅんじゅん》していたが、やがて小さくため息を吐いた。

「分かった。――レイ、サロンに茶の支度を頼《たの》む」

「かしこまりました」

レイノールは頭を下げると、すぐに部屋を出て行く。

「ローディ、せっかく用意してくれてたのにごめんな」

「え、い、いいえ、とんでもありません」

ならばこちらは無駄《むだ》になってしまうのだろうと謝罪した悠真の言葉に、ローディが慌《あわ》てたように頭《かぶり》を振る。それにほっとして、悠真はオズワルドとともに部屋を出て、先ほど案内されたばかりのサロンへと向かう。

「おお！　オズワルド！　そちらがきみの番《つがい》かい？　異世界から召喚されたという！」

ドアを開けた途端《とたん》、ソファに座っていた男が立ち上がり、こちらに向かってくる。

あまりの勢いに、ビクッと体を揺《ゆ》らした悠真を庇《かば》うように、オズワルドが一歩前に出てくれた。

研究者という響《ひび》きからなんとなく想像していたのとは違《ちが》う、大柄《おおがら》な男性で、身長はオズワルドより多少低いくらいだろうか。灰色の狼《おおかみ》の顔をしていて、背後でふっさふっさと風を起こすほどの速さで尻尾《しっぽ》が揺れている。

先ほど会った先王の弟なのだと思うが、あの落ち着いた様とはまったく違う。だが、悪い人ではなさそうだ。

尤《もっと》も、悠真は相手が狼の顔をしているというだけで、気が緩《ゆる》んでしまうところもあるのだが。

「叔父上、とにかく座ってください。怯《おび》えているでしょう」

「うん？　そうか？　ふむ……わかった。そうしよう」

尻尾を振りながらソファへ戻って行く男にため息を落とし、本当に大丈夫《だいじょうぶ》だろうかという目でオズワルドが悠真を見る。

悠真はそれに頷《うなず》くと、男の向かいのソファに、オズワルドと並んで座った。

「僕は、オズワルドの叔父でフランツというんだ。ユウマと呼んでもいいかな？」

「あ、は、はい、もちろん」

オズワルドの紹介《しょうかい》を待たずしてそう言い出したフランツに、悠真は少し驚《おどろ》いたもののすぐに了承《りょうしょう》する。オズワルドの叔父という立場からすれば、名前を知っていることは何もおかしくはない。

オズワルドが、相変わらずだな、と呆《あき》れたようにため息を吐いたが、フランツはにこにこしていた。

「さて、早速《さっそく》いくつか訊《き》きたいんだが、いいかな？」

祝いに来たというお題目を挙げていたはずなのに、すぐにそう切り出してきたことがおかしくて、悠真はくすりと笑って頷く。

そのあとは、召喚されてきたときの状況や、魔法陣《まほうじん》のこと、そして何より異世界のことを訊きたいとぐいぐい迫《せま》られた。

魔法陣については悠真が気付いたときには消失していたので、水で囲まれた円形の石の舞台《ぶたい》のような場所であったことしか答えられることはなかったが、それでも十分に興味深いことであったらしい。

「なるほどなぁ、人族しかいない、魔法のない世界か……。でも、きみは確か治癒魔法が使えるのだろう？」

「ええ、でも、使えるようになったのはこちらに来てからです」

「ふむ……召喚に際して与《あた》えられたのか、それとももともと使えたが、世界そのものに魔法の要素がなかったため向こうでは発現しなかったのか……」

手元でメモを取りつつ、ブツブツと独り言を言っている。その間も、尻尾は揺れっぱなしだった。

「こちらからも一つ、伺《うかが》っていいですか？」

「なんだね？　僕で答えられることならいいんだが」

迷惑《めいわく》そうでもなくあっさりと頷かれたことにほっとしつつ、悠真は敢《あ》えてオズワルドのほうを見ないように意識しつつ、口を開く。

「セイルダムでは最初、魔王が討伐《とうばつ》されれば、元の世界に帰すと言われていました。でも、討伐後に実際に戻《もど》ったところ、それは召喚を行った神官の嘘《うそ》だったと言われて……。実際その、帰すような魔法は本当にないんでしょうか？」

悠真の言葉を聞いた途端、フランツはここに来てから初めて、不快感を表情に乗せた。だが幸い、それは悠真に向けてのものではなかったようだ。

「セイルダムの王族の腐敗《ふはい》は、本当に目を背《そむ》けたくなるものがあるな」

そう言うと、頭痛を堪《こら》えるように額に手を触《ふ》れる。悠真がほっと安堵《あんど》の息を吐いたのが分かったのだろう、フランツの表情が和《やわ》らいだ。

「すまない。きみに怒《おこ》ったわけじゃないんだ。オズワルドも悪かったね。きみの番《つがい》を怯えさせたことは謝るから、その剣呑《けんのん》な目はやめてくれ。――僕が怒っているのは、神官の嘘、だなんていう見え透《す》いた言葉で、自分たちには非がないとしたセイルダム王家に対してだよ」

そう言うと、自分を落ち着かせるように、すでにすっかり冷めていた紅茶に口をつける。

「禁術とされる前、召喚魔法はセイルダムの秘技とされていた。王家が何も知らないはずがない」

それは悠真もそうだろうなと思っていたから、ショックを受けるようなことではなかった。

けれど……。

「結果から言うと、召喚した者を元の場所に送り返すことは、現在の魔法で可能とされる方法以外では無理だ。そしてそれは『帰す』という魔法ではなく『移動』という魔法に過ぎない。つまり、過去や未来、異世界に移動することが無理である以上、異なった時間帯や異世界に、召喚された者を帰すことはできないんだ。少なくとも今のところはね」

その言葉には、やはりと思いながらも落胆《らくたん》を隠《かく》せなかった。

もちろん、これも分かっていたことだ。だから、ショックと言うほどではないのだ。ただ、何でもないことのようにはまだ思えないというだけで。

「研究者を名乗っておきながら情けない話だけど、召喚魔法についてはまだまだ分からないことのほうが多くてね」


「そうなんですね」

がっかりしたのが伝わってしまったらしいと、悠真は慌てて気を取り直す。

その後はまたしばらく、フランツの質問に答え、三杯目《ばい》のお茶を飲み終わる頃《ころ》になってようやく解放されることになった。

「あ、そうだ。忘れていた」

玄関《げんかん》まで来てから、フランツがハッとしたようにそう言って、懐《ふところ》から何かを取り出した。

「番になったお祝いだよ。よかったら使ってくれ」

どうやら、お祝いに来たことを思い出したらしい。

オズワルドは呆れたようにため息を吐《つ》いていたけれど、それでも笑って礼を言っていた。もちろん、悠真も同じように礼を言う。

「礼を言うのはこちらのほうだからね。また今度話を聞かせてくれると嬉《うれ》しいよ」

そう言って、フランツは尻尾をぶんぶんと振《ふ》り回しつつ、帰って行った。

その背を見送り、二人で自室のほうへと足を向ける。

「――――？　ユウマ？」

「っ……」

　名前を呼ばれて、悠真はハッと我《われ》に返る。

「ごめん、何？」

「いや、あと一時間もすれば夕食の時間だが、どうしようかと思ってな。風呂《ふろ》でも入るか？　もちろん、部屋でのんびりとしていてもいいが、疲《つか》れただろう？　夕食のあとすぐに休めたほうが楽かもしれないからな」

「風呂か……うん、そうしようかな」

　確かに、悠真は少し疲れていた。移動もあったし、知らない相手と話をした気疲れと、専門家から改めて、元の世界に帰るすべはないという事実が補強されたことで、諦念《ていねん》のようなものも感じている。

「……すまない」

「え？」

　階段を上り終わったところで、突然《とつぜん》そう謝罪されて、悠真は驚いてぱちりと瞬《しばたた》く。

「なんでオズが謝るんだよ。フランツさんには俺が会うって言ったんだし、オズは何も悪くないだろ？」

「そうじゃない。――……ユウマが帰りたいと分かっていても、俺はもう帰って欲しくないと思っているからだ」

オズワルドは、しょんぼりとした様子でそう言った。尻尾は力なく垂れ下がり、頭の上の耳もぺそりと寝《ね》てしまっている。

「だから、叔父上《おじうえ》にも会わせたくなかった」

万が一にも、帰れる見込みがあると言われるのを恐《おそ》れていたのだと、懺悔《ざんげ》するように言われて、悠真は苦笑《くしょう》する。

「それでも、会わせてくれただろ？」

怖《こわ》くても、悠真が望むようにさせてくれた。

「むしろ、謝んなきゃいけないのは俺のほうだよ」

番になることを受け入れておきながら、まだ元の世界に帰る気なのかと、怒ってもいい場面のはずだったのに。

それに悠真は、オズワルドが一度は自分の気持ちを諦《あきら》めて、悠真が元の世界に帰れることを喜んでくれたことも、ちゃんと分かっている。

「ありがとう、オズ」

「ユウマ……」

元の世界に未練がないなんてまだ言えない。

こうしてオズワルドの家族に会ってみれば、自分の家族を思って淋《さび》しい気持ちにもなる。

それでも、オズワルドがいてくれるならきっと、ゆっくりとでも傷は癒《い》えていくだろう。そんな気がした。

◇

た。
る。対する悠真のほうは、口に出すつもりのなかった呟《つぶや》きだったため、少々焦《あせ》って目を泳がせ
転移門へと向かう馬車の中で、ぽつりと口から出てしまった言葉に、オズワルドが首を傾《かし》げ
「何がだ？」
「いいのかな……」

「ええと、その……こんなふうに――……遊んでばっかでいいのかなって」

結局言葉を選びきれず、思っていたままの文言を告げてしまう。けれど、オズワルドはただ
笑っただけだった。

「今はまだ、休暇《きゅうか》中なのだから、遊んでいようが寝ていようが自由だ。魔王討伐《とうばつ》の褒美《ほうび》として
の休暇なのだから、誰《だれ》に文句を言われるものでもない」

「それは、知ってるけど」

確かに休暇中なのだから、何をしようと自由と言えばその通りだ。

けれど、それが全《すべ》て、自分のために割《さ》かれているような状況《じょうきょう》には疑問を感じる。

「オズはしたいことはないの？　毎日俺に付き合ってくれてるけど……」

「せっかくの休暇だから、ユウマの近くにいたいと思っているんだが……邪魔《じゃま》だっただろうか」

先ほどまで楽しげに揺《ゆ》れていた尻尾《しっぽ》が、ぱたりと力なく落ちるのを見て、悠真は慌《あわ》てて頭《かぶり》を振る。

「邪魔なわけないだろっ？」

「……本当か？」

じっとこちらを見つめるオズワルドに、悠真は大きく頷《うなず》いてみせる。

実際、あの衝撃《しょうげき》的すぎる一夜を過ごし、対外的にも関係性に変化はあったものの、悠真がオズワルドをこの世界で一番に頼《たよ》りにしていることに変わりはない。

しょんぼりとした様子で耳をぺたんと伏《ふ》せられると、頬《ほお》を両手で挟《はさ》んで撫《な》で回したくなるのも変わらない。もちろんそんなことはしないように、ぐっと手を握《にぎ》りしめて堪《こら》えるのだけれど。

「オズが一緒《いっしょ》のほうが楽しいよ」

それに、ただ共にいるというだけでなく、オズワルドは悠真を城や城下のいろいろな場所に案内してくれた。

城の中ならば、たくさんの本が収められた図書室や、一番高い塔《とう》の上、様々な花や見事な噴《ふん》水《すい》のある庭園。城下ではたくさんの店の並ぶ大通りや、屋台の出ている公園、歴史のある美術館など、王太子という立場でこんなに気軽に出歩いていいものなのかと思うくらい、いろんな場所を見て回った。

それがとても楽しいからこそ、ここまでしてもらっていいのだろうかとも思ってしまう。それに……。

「オズはせっかく自分の国に帰ってきたんだから、やりたいことや、会いたい人だっているだろ？」

三年もの間、留主《るす》にしていたのだ。

家族だけでなく親戚《しんせき》や友人など、会いたい相手はいくらでもいるだろう。だというのに、ここに来てからの五日間で、オズワルドの姿を見ないのは就寝《しゅうしん》の挨拶《あいさつ》をしてから、朝食の時間までの間のみなのだ。もちろん、そのあとに会っているのかもしれないが、友人を招くような時間ではない。

三年間、たくさんの仲間達と旅をしてきた悠真にとっては、一人の時間というのはすでに身に馴染《なじ》まなくなっていたし、オズワルド以外親しい者もまだいない場所であることもあって、そうして一緒にいてくれることは感謝こそすれ、煩《わずら》わしいものではなかった。

「俺がユウマと一緒にいたいんだ。毎朝早く会いたいと思うのも、ユウマだ」

「……毎朝って」

それは何か違《ちが》うと思うのだが、悠真は反論できずに口を噤《つぐ》む。毎朝散歩用のリードを咥《くわ》えて、悠真の部屋の前で起きてくるのを待っていたコタロウのことを思い出して、ちょっと可愛《かわい》いと思ってしまったからだ。

そんな話をしているうちに馬車が止まる。

「ほら、降りるぞ」

「……うん」

馬車からさっと降りたオズワルドに手を差し出され、苦笑しつつ手を借りる。さすがに悠真も一人で乗り降りできるのだが、旅の最初の非力だった頃《ころ》の印象が強いのか、オズワルドはすぐに手を貸してくれようとするのである。

「釣《つ》りは久し振《ぶ》りだな」

今日は王家の別荘地《べっそうち》にある、湖を見に行くことになっている。

大きなものではないらしいのだが、湖の中で美しい結晶《けっしょう》が育っており、珍《めずら》しい魚も釣れるのだとか。

悠真は、子どもの頃に釣り堀《ぼり》でしたくらいしか、釣りの経験がない。だが、そのときは楽しかった記憶《きおく》があった。

釣れるといいなと内心どきどきしつつ、転移門を潜《くぐ》る。そして転移門が置かれていた部屋を出ると、そのまま屋外へと向かった。

「あ！　あれが湖？」

「ああ、そうだ」

パッと振り返った悠真に、オズワルドが頷く。

下へと続く石段の先に、その湖はあった。燦々《さんさん》と降り注ぐ日差しで、水面がキラキラと光っているのがよく見える。

二十段ほどしかない石段を降り、湖へと近付く。そうすると、先ほど光っていたのは、日差しのせいばかりではなかったことが分かった。

「すごい……」

驚《おどろ》くほど透明《とうめい》度の高い水の中に、虹色《にじいろ》に光る石が見える。あれが水の中で育つという結晶なのだろうか。

「思ってたよりずっと大きいね」

「そうか？　あれは虹結晶《にじけっしょう》といって、他《ほか》ではもうあまり見なくなったものだ」

「そうなの？」

「ああ。聖属性の祝福を含《ふく》む石で、美しさもあってここ以外のほとんどで採り尽《つ》くされた。ここではこうして保護しながら増やしているんだ」

この湖はもともと祝福が強く、わずかずつではあるが石が育つ環境《かんきょう》となっているらしい。

「そんなところで釣りなんかしていいの？」

「ああ、もちろん大丈夫《だいじょうぶ》だ」

本当かなぁと思いつつ、用意されていたボートへと近付く。一部に日よけのためらしい屋根のついたボートには、すでに釣りの道具が一式載《の》せられていた。

だが中には、釣りには関係なさそうな道具もあるようだ。

二人はボートを押して水に浮《う》かべると、中へと乗り込んだ。オールはなく、どうやら魔法で動かすようだ。オズワルドが舳先《へさき》にある魔道具らしきものに触《ふ》れると、ボートは水面を滑《すべ》るように動き出した。

モーターボートのようなエンジンがついているわけではないため、自動で動いていてもとても静かだ。

ボートが水面を揺らすせいだろう、逃《に》げるようにさぁっと水の中を色とりどりの魚が泳いでいくのが見えて、悠真は目を瞠《みは》る。

「なんかすごい色の魚が……」

美しいけれど、食用にするには多少抵抗《ていこう》があるような鮮《あざ》やかさだ。

「ああ、釣ってみれば分かる」

どこか楽しげに言うオズワルドに、これはどうやらこれ以上訊《き》いても無駄《むだ》だなと思う。釣れば分かるというのなら、釣るしかない。

やがてオズワルドはボートを止めると、釣りの仕方について説明してくれる。

「まずはこれを撒《ま》く。しばらくすると魚が集まってくるから、糸を垂らすのはそのあとだな」

小さな箱に詰《つ》められているのは、紫紺《しこん》の金平糖のようなものだった。撒くというからには、撒き餌《え》のようなものなのだろうか？　首を傾《かし》げていると興味があると思ったのか、オズワルドが箱を差し出してくれる。

「触《さわ》っていいの？」

「もちろん」

こくりと頷《うなず》いてくれたので一つ手に取ってみる。

「あれ？」

見ただけでは分からなかったけれど、こうして触れてみるとそれから魔力《まりょく》を感じることが分かった。どうやらただの撒き餌ではないようだ。それに紫紺の中にちかりと金銀の瞬《また》きが混ざっている。

「撒いてみるか？」

「でも、失敗したら困るだろ？」

「大丈夫だ。ボートを囲むように全方向に撒くだけだから。もし偏《かたよ》るならボートを少し動かせば調整できる」

それならばと頷いて小箱を受け取ると、悠真はその金平糖のようなものを撒き始めたのだが……。

「えっ」

まずはと一摑《ひとつか》み撒いたところで、悠真は大きく目を見開く。

突然《とつぜん》、その場所の水が紫紺の絵の具を溶《と》いたような色に変わったのだ。

「オズ、これって大丈夫なんだよね？」

思わずそう訊いたけれど、オズワルドは悠真が狼狽《うろた》えているのが面白《おもしろ》かったのか、笑って頷いている。

むむっと眉《まゆ》を寄せたものの、大丈夫ならいいかと悠真はそのまま金平糖もどきを撒き続けたのだが……。

「すごい……」

「ここだけ夜のようだろう？」

オズワルドの言葉に、悠真はそれだ、と思いこくこくと頷く。ただ水が暗い色になったというだけでなく、まるで夜空が映っているかのように星の瞬きまでもが見える。

先ほど金平糖もどきの中に見えた金銀の瞬きは、これだったのだろうか。

「この湖に住む月虹魚《げっこうぎょ》は虹と夜が好きなんだ。だからこうして魔道具で一部を夜に変えると、集まってくる」

そう言われて水面を覗《のぞ》き込むと、いつの間にかボートの周囲には黒っぽい体色の魚がたくさん集まっていた。

先ほどまでの鮮やかな色の魚とはまったく色が違うので、気がつかなかったのだ。

「こんな色の魚もいるんだ」

月虹魚という名前からすると、随分《ずいぶん》地味な色だけれど……。

「さっきまでの派手な色の魚と、同じものだ」

「えっ、そうなんだ？」

オズワルドの言葉に、悠真は驚きつつも、いろんな色の種類がある魚なのかと思ったのだが、どうやら違うらしい。

「月虹魚は周囲の色に擬態《ぎたい》する魚なんだ。だから、昼間は虹結晶の色を映して様々な色に染まるが、夜には夜闇《よやみ》に染まる」

「へぇ……」

なるほどと頷いて水の中を観察していると、確かに外から入り込んできたピンク色の魚がじわりと紫紺に変わった。

それに、おお、と感心している間に、オズワルドは釣り竿《ざお》の準備をしてくれていたようだ。

「これを、投げるんじゃなくて、そっと垂らすんだ」

「あ、ありがとう」

針はキラキラと輝《かがや》く不思議な針で、餌《えさ》のようなものは見当たらない。けれど、そのまま垂らせばいいと言われて、悠真は首を傾げつつゆっくりと針を水に沈《しず》めた。

――――すると。

「わっ」

すぐにつんと糸の引かれる感触《かんしょく》がして、悠真は慌《あわ》てて助けを求めるようにオズワルドへと視線を向ける。

「引いているぞ？　ゆっくり竿を上げてみろ」

オズワルドの言葉にそっと竿を引き上げようとすると、先ほどまでと違《ちが》う重みを感じた。わくわくしながら思い切って竿を引くと、そこには見事な紫紺の魚が掛《か》かっている。

「釣れた！」

まさに入れ食いではないかと思い目を輝かせる悠真に、オズワルドは満足気に笑いつつ、針から魚を外して用意していたバケツに移してくれた。

バケツの中の水は透明のようだったが、バケツの内側は紫紺に塗《ぬ》られており、そのためか魚は大人しくしているようだ。

「月虹魚は水面に映り込んだ星明かりを餌にしているから、針を星明かりだと勘違《かんちが》いして食いつくんだ」

「なるほど……」

随分と不思議な生態だけれど、この魔法のある世界においては、そういった形のないものを食料とする生き物も多い。

最初に知ったのは、女性の歌声を食べるというユニコーンの亜種《あしゅ》だったけれど、歌声や音楽を好む生き物は多いらしい。

ともかく、そんな様子だったので、月虹魚は大漁で、すぐにバケツはいっぱいになった。

あまりに釣《つ》れるので少し疲《つか》れたこともあって、釣り竿を引き上げたあともボートに乗ったままゆっくりすることになる。

ボートの縁《へり》にもたれかかり、悠真は少しずつ夜色が薄《うす》れていく水の中を見つめた。

「楽しかったか？」

そう訊かれて、オズワルドに視線を向けると大きく頷く。

「すごく楽しかった。ありがとう」

「ならよかった」

オズワルドの尻尾《しっぽ》が、嬉《うれ》しそうに揺《ゆ》れている。

「……本当に、きれいなところだね」

三年間に亘《わた》る討伐《とうばつ》の旅では、この世界の荒廃《こうはい》した場所を多く見てきた。だから、この世界がこんなに美しい場所だとは思っていなかったのだ。

「ここも、一時期は魔物のせいで近付けなかった」

「えっ……そうなの？」

「ああ。湖だけは虹結晶《にじけっしょう》の聖属性のおかげでどうにか無事だったが、一度結界が壊《こわ》されてな。結界の修復はされたが、念のために転移門を使えないようにしていたんだ」

確かにそんなことがあったなら、城に続く転移門の使用は制限されるだろう。

「建物の修繕《しゅうぜん》が終わったのも最近の話だ。魔王さえ斃《たお》せば、この辺りはもともと魔物が少ない地域だからな」

「そっか……よかった」

　自分たちの旅が本当に世界を救ったんだと思うと、元の世界に帰りたいという私欲だけで同行していた自分であっても、少しだけ誇《ほこ》らしく思う。

「そう言えばユウマの世界には、もともと魔物がいないんだろう？」

「あ、うん。そうだね」

　魔物もいないし、魔法もない。そんな話はしたことがあった。

「この前、叔父上《おじうえ》には随分いろいろと話していただろう？　これまではあまり聞いたことがなかったから、驚《おどろ》いた」

「ああ……」

　そう言われればそうだ。オズワルドに限らず、元の世界について、誰《だれ》かに話したことは今まであまりなかった。

　あまりにも違いすぎて、理解されないだろうと思ったし、極普通《ごくふつう》の高校生であった悠真には、世界というものについて詳《くわ》しく説明すること自体が難しかったこともある。

　魔法の代わりに科学というものがあったと言っても、科学について説明しろと言われて理論的に話すことは難しい。雷《かみなり》が魔法の属性としても存在していたため、それに似たエネルギーを使っていたのだと言うのが関の山。

理系分野だから難しいのかと言えばそうではなく、政治や社会などについて語れるかと言われればそれもできない。悠真は自分自身にほとほと呆《あき》れ果ててしまったのだった。

「俺、自分の世界のこと、ちゃんと説明できないんだなと思ったら、情けなかったしね。それに、最初の頃《ころ》は価値観の違いにちょっと打ちのめされてたっていうか……」

戦争も命の危機も暴力も、まったく関係のない場所にいたのに、自分をその『世界』から勝手に引き離《はな》した人間たちのために、自分が命を賭《か》けて戦わなければならないということ自体が、悠真には呑《の》み込めなかったのだ。

帰るために仕方なくそこにいた自分と、国や大切な人たちのために戦おうとしている者たちの間に溝《みぞ》ができるのは当然だろう。

その溝を最初に乗り越《こ》えてきてくれたのが、オズワルドであり、カイルだった。

オズワルドは悠真が異世界から召喚《しょうかん》されたという事情を聞いて、それならばここで戦えと言うほうが酷《こく》だろうと言ってくれたし、カイルは自分も無理矢理《むりやり》参加させられたのだと愚痴《ぐち》ってくれた。

そんな二人が傷を負ったとき、悠真はようやくその戦いを自分事の一部にできたのである。

友人のために、自分のできることをしようと、そう思えた。

だが、その頃にはもう、元の世界の話などせずとも、話題はあったのだ。

「この前は久し振《ぶ》りに話したなぁ」

フランツは質問が上手《うま》く、悠真が答えに詰《つ》まればすぐに別の話題に変えてくれたから、それで随分話しやすかったと思う。

「――――俺も知らなかったことをユウマから聞いている叔父上が、羨《うらや》ましかった」

「え？」

まさか、そんなふうに考えているとは思わなかった悠真は、驚いて目を瞠《みは》った。あの場にはオズワルドもいたのだし、聞いていたのはオズワルドも同じである。

それに何より……。

「俺自身の話ってわけじゃないのに？」

どんな世界だったか話すのは、悠真自身を知るのとはまた違うのではないかと思うのだが、オズワルドにとってはそうではなかったらしい。

「ユウマの生まれた場所の話だろう？　できれば俺がユウマのことを誰よりも一番に知りたいと思ってしまうのは、その……怖《こわ》いか？」

「怖い？」

「前に、獣人《じゆうじん》の執着《しゆうちゃく》は重いし怖いと、マリエルやカイルが言っていたからな」

「マリーたちが？　……確かに、言いそうかも」

マリエルは騎士《きし》として立つことを希望しており、恋愛《れんあい》や結婚《けっこん》に夢も希望も抱《いだ》いていないタイプだった。討伐に出ることが決まって、婚約者とは婚約解消できたと嬉しそうに言っていたので驚いた覚えがある。

カイルはもともと庶子《しょし》であったことから苦労したようなので、無事に生還《せいかん》しても皇帝《こうてい》に都合のよい駒《こま》にされて貴族と結婚するのはごめんだし、そもそも自分の種を残したくないのだと言っていた。

「面倒《めんどう》だから、獣人に見初《みそ》められることだけは避《さ》けたいと、面と向かって言われたよ」

苦笑《くしょう》するオズワルドに、悠真も小さく笑う。だが、悠真はその執着にこそ、助けられたのだ。まだ、オズワルドに対して番《つがい》や伴侶《はんりょ》のような情はないけれど……。

「……オズが訊《き》きたいことあるなら、話すよ」

悠真がそう言うと、オズワルドの尻尾が激しく揺れる。

「そ、そうか。なら……以前趣味《しゅみ》はゲームだと言っていただろう？　それはどういうものなんだ？　こちらにあるようなものとは違《ちが》うみたいだったが……」

「こっちにあるようなものもあるよ」

こちらにも、カードゲームやボードゲームといったものはある。

「けどまぁ、俺が好きだったゲームはもっと自動で動くっていうか……」

特に好きだったのは、アクションゲームやRPGだった。

「絵を映す板みたいなものがあって、それが勝手に動くんだよ。人形劇の人形が自動で動くようなものかな？　あらかじめ決まった動きをするものと、俺が指示を出して動かすものがあって、それで自動で動くものと俺が指示を出したものが戦ったり話をしたりして、物語が進んでいくみたいな……」

「自動で絵が動く、物語本のような感じか？」

「あ、近いかも？」

自分の出した指示によって、物語が分岐《ぶんき》したり、その中で経験を積むことでそれまで倒《たお》せなかった相手が倒せるようになったりもするのだと話すと、オズワルドは興味深そうに頷《うなず》いていた。

けれど……。

「なるほどな。……同じものをこちらで作るのは、なかなか大変そうだ」

むむ、と唸《うな》り声を上げるオズワルドに、まさかそんなことを考えていたのかと驚く。

「魔法《まほう》で再現するのは難しいと思うけど……」

「でも、ユウマはそれが好きなんだろ？　せめて趣味くらいは、と思ったんだけどな」

「……俺のため？」

悠真がゲームを趣味だと言ったから、この世界でもできないかと考えてくれていたのだろうか。

「ユウマのというか、まぁ俺のためだな。ユウマに少しでも、この世界を好きになって欲しいから、ユウマのやりたいことが、こちらでもできればと思ったんだが……」

そう言いながら、少ししょんぼりとした様子になったオズワルドに、悠真は胸の奥がぎゅっと痛んだ。同時に、目の奥がじんとして視界が潤《うる》む。

「ユ、ユウマ⁉ ど、どうした？ ああ、すまない、前の世界のことを訊いたせいか？」

慌《あわ》てたオズワルドが咄嗟《とっさ》に立ち上がろうとしたため、ぐらりとボートが揺れる。

「わっ」

「す、すまない！」

オズワルドは再び謝りつつ、悠真の隣《となり》に座り込むようにして、ボートの傾《かたむ》きとともにふらついた悠真の体を抱《だ》き留めてくれた。

悠真はほっとして体の力を抜《ぬ》く。びっくりしたためか、滲《にじ》んでいた涙《なみだ》はすっかり引いたようだ。

「大丈夫《だいじょうぶ》、ちょっとびっくりしただけだから」

「だが……泣かせてしまった」

そのことについては少し恥《は》ずかしかったので、できればなかったことにして欲しかったが、まっすぐにそう言われてしまえば否定もできない。

「悲しかったんじゃなくて、その……むしろ、なんていうか……嬉《うれ》しかったから」

有り体《てい》に言えば、感激したのだと思う。

ここ数日、他《ほか》の人に申し訳ないくらい楽しかったのに、オズワルドはそれでは足りないと、もっと悠真が楽しめることをしたいと考えてくれていたのだ。

悠真が、この世界を好きになれるように……。

「俺がこの世界に来たのも、帰れないのも、オズのせいじゃないのに……」

「――そうだとしても、帰したくないと、望んでいるのは事実だからな。だから、少しでもユウマが、こちらの世界を好きになれるようにしたいんだ」

「オズ……」

「や、やっぱり重いか？」

おそるおそる問われて、悠真はくすりと笑った。そして、オズワルドの腕《うで》に収まったまま、ゆるゆると頭《かぶり》を振《ふ》る。

ひょっとしたら、オズワルドのこういった愛情を重いと感じる人もいるのかもしれない。実際、悠真も自分が未《いま》だ、番《つがい》という立場をきちんと受け入れていない状況《じょうきょう》では、申し訳ないという気持ちもある。

けれど、世界ごと自分の大切なものを失った悠真には、オズワルドのこの気持ちが、胸が痛いくらい嬉しい。自分が子どもだったなら、きっと声を上げて泣き出していたのではないかと思うほど……。

「ありがとう、オズ」

そう言って、悠真はそっとオズワルドの胸を押して体を離《はな》すと、その顔を見上げる。

「でも、俺はここでしたいことを新しく見つけられたらいいなって、思ってるよ。オズが、一《いっ》緒《しょ》に探してくれるって言ったから」

「……ユウマ」

悠真の言葉に瞳《ひとみ》を輝《かがや》かせ、盛大《せいだい》に尻尾《しっぽ》を振り回したオズワルドに我慢《がまん》できず、悠真はその顔を両手でくしゃくしゃに撫《な》で回してしまったのだった。

◇

暖かな日差しの下。悠真はパーシヴァルに強請《ねだ》られるまま、旅の間のオズワルドの活躍《かつやく》について話をしていた。

遠くに黒い雲がうっすらと見えるけれど、まだしばらくは晴れているだろう。午後の庭園は穏《おだ》やかで、気持ちのいい風が時折木々をざわめかせている。

「それで、俺は結界を張って耐《た》えるのが精一杯《せいいっぱい》で……でも、突然《とつぜん》そこに飛び込んできたオズが、あっという間に一人でやっつけてしまったんですよ。カイルなんてむしろ呆《あき》れていたくらいです」

夜の雨で視界が悪く、悠真がカイルとともに崖下《がけした》に落ちてしまったときの話だ。水音で声も大して届かなかっただろうに、オズワルドは二人を見つけ、すぐに加勢してくれたのだった。

こういうことは何度もあって、どうしてオズワルドは悠真を見つけ出せるのか不思議に思ったものだ。獣人《じゅうじん》は身体能力が高いだけでなく五感も鋭《するど》いというから、そのせいなのだろうなとは思っていたけれど。

「やっぱり叔父上《おじうえ》はかっこいいのです！」

ローディの淹《い》れたお茶に口をつけることも忘れたように聞き入っていたパーシヴァルは、嬉しそうに尻尾を振る。

その横では、フランツがやさしい目でパーシヴァルを見つめつつ、焼き菓子《がし》を頰張《ほおば》っていた。

悠真がこの城に来て、そろそろ一月が経《た》とうとしている。

オズワルドの休暇《きゅうか》はとっくに終わり、王太子としての仕事で昼間は出掛《でか》けていることが多い。

悠真は今のところ仕事などはないので、結婚《けっこん》式の打ち合わせや衣装《いしょう》のための採寸に顔を出すほかは、この国のことや式典などについて勉強をしている。

正直手順を覚えなければならないような式典など、卒業証書の受け取りくらいしかしたことがないため、手順の全《すべ》てを覚えて人前で立ち振る舞《ま》うと考えるだけで今から憂鬱《ゆううつ》であった。しかも、王族の結婚式などという一大イベントだ。

だが、このような主役の一人として人前に出るイベントは、これが最初で最後になると聞いたので、なんとか乗り越《こ》えようとは思っている。

ちなみにこの次の大きな式典は、パーシヴァルの立太子の式典になるだろうけれど、そのときはただ王族の席に座っているだけでいいらしいし、その後は臣籍《しんせき》降下するため式典への参加はほとんどなくなるのだとか。

とは言えまだ先の話ではあるので、それほど切羽詰《せっぱつ》まってはいない。

本や過去の資料などを、のんびりと読んでいる程度だ。

もちろん、悠真としては何の仕事もせずにいるのもよくないと思い、主に治癒《ちゆ》方面などでできることがあるならば、とオズワルドに相談したのだが、状況が落ち着くまではあまり悠真の功績などが目立たないほうがいいのだと言われて納得《なっとく》している。セイルダムからうるさく言われても困る。

そうして過ごしていると、時折フランツや、第一王子であるパーシヴァルなどが訪ねてくることもある。今日は二人が一緒に来たため、せっかくだからとこうして庭園でお茶をしているのだった。

パーシヴァルは子どもながらに次代の王として勉強が大変らしく、たまに時間ができると憧《あこが》れの叔父であるオズワルドを訪ねてくるのだが、オズワルドがいないことも多い。かわいそうに思って相手をしていたら、オズワルドの話ができて、旅の話を強請ることもできる悠真にすっかり懐《なつ》いてしまったようだ。

ちなみに、フランツが訪ねてくるのは、元の世界の話を聞くのが目的だったはずなのだが、代わりにと、本ではよく分からなかったことや、形骸《けいがい》化している習慣などについて教えてくれるようになり、今では教師のようになっている。

最初は自分の留主《るす》中に来るなと怒《おこ》っていたオズワルドも、最近は渋々《しぶしぶ》ながらフランツの来訪を許可している。

「叔父上は、騎士《きし》団にいたときに剣術《けんじゅつ》大会で優勝したこともあるんです。ですよね！」

くりんと振り向いて同意を求めたパーシヴァルに、フランツが頷《うなず》いて頭を撫でた。

「パーシヴァルも見に行っていたね。でもそのあと興奮しすぎて熱を出したとか……」

「あっ！　それは秘密なのに！　なんで言ってしまうんですか！」

「ごめんごめん」

大叔父と又甥《またおい》の微笑《ほほえ》ましいやりとりに、ついつい笑ってしまう。

「パーシヴァル殿下《でんか》は、今はこんなにしっかりしているのに、そんな時代もあったんですね」

悠真の言葉に、パーシヴァルは恥ずかしそうに俯《うつむ》くと、ようやくティーカップに手を伸《の》ばした。

「……叔父上は、僕の憧れなのです。とても強くて、毛並みも……黒くてかっこいいですし」

そう言われれば、ここにいる二人も、先日会った家族たちも皆《みな》、毛の色は灰色だったなと思う。

「黒いのは、珍《めずら》しいんですか？」

そう尋《たず》ねた悠真に、パーシヴァルが頷く。それを受けて、フランツが口を開いた。

「黒狼《こくろう》は先祖返りと呼ばれることもあるね。もともと建国時の王は黒狼だったんだ。王妃《おうひ》が銀狼でね。黒狼は魔力《まりょく》も強いし、他の能力も高いことが多いと言われている。オズワルドは背が高いだろう？　それも黒狼だからだと思うよ」

「そうなんですか……」

なるほどなぁ、と思う。確かに、オズワルドは魔力も強く、剣士であると同時に魔法も使える。だが背丈《せたけ》についてては、ここにいるフランツも決して小さくはない。比べればという程度であり、家族の中であからさまに大きい、というわけではないと思う。悠真の感覚では個体差というより、種族差の大きいイメージだ。狼は大きく、うさぎは小さいというような。

「叔父上の前に黒狼だったご先祖様も皆、とても偉大《いだい》な功績を残されているんです！」

にこにこと、どこか誇《ほこ》らしげにそう言ってから、唐突《とうとつ》にパーシヴァルの尻尾が力をなくしぱたりと落ちた。

どうしたのだろうと、悠真はぱちりと瞬《しばたた》く。

「……だから、やっぱり僕ではなく、叔父上のほうが王に相応《ふさわ》しいのだと思うのです」

ぽつり、と零《こぼ》された言葉に、ぎょっとした。しょんぼりしているパーシヴァルに、フランツがため息を吐《つ》く。

「困ったものだねぇ」

「皆、そう言っていますし、僕もそう思っていますから」

ぽんぽんと頭を叩《たた》かれても、パーシヴァルは視線を上げようとはしない。

「オズワルドが黒狼だからと、妙《みょう》な期待をかける輩《やから》がいるんだよ」

そう言って嘆息《たんそく》したフランツに、悠真は以前、旅の途中《とちゅう》で聞いたことを思い出した。

オズワルドは王位を求めておらず、なのに兄ではなく、自分を担《かつ》ごうとする派閥《はばつ》があるのを厭《いと》って討伐《とうばつ》の旅に出ることにしたのだと言っていたのだ。

だから、今代がだめでも次代の王をオズワルドにと考える者がまだいるのだと思うと、パーシヴァルもオズワルドも気の毒だ。

ひょっとすると、悠真に仕事をさせない事情には、セイルダムのことだけでなく、王位にまつわる問題もあるのかもしれないなとぼんやり思う。

難しい問題なのだろうし、悠真が口を出すべきことではないかもしれない。けれど、これくらいは言ってもいいだろうと判断し、オズワルドは王になる気はないと言っていたと告げようとしたときだった。

「――でも、ミリアが応援《おうえん》してくれているから、僕は頑張《がんば》らないと……」

「ミリア……様？」

おそらく人の、さらに言えば女性の名前のようだが、悠真は初めて聞く名前だった。

「ミリアリアは、パーシヴァルの番《つがい》だよ」

「えっ」

フランツの言葉に、もう番がいるのかと驚《おどろ》く。

だが、番がいるということは、パーシヴァルも番の儀式《ぎしき》をしたということなのか？　そう思うのと同時に自分がされたあれこれを思い出して、顔がカッと熱くなった。

十二歳というのはいくら何でも早いのではと思ってしまうが、王族ならばそういうものなのだろうか？　それとも、獣人ならば普通《ふつう》なのか？

そんな悠真に気付いたのか、フランツがくすりと笑った。

「獣人《じゅうじん》は極《ご》く普通に、番の儀式を経《へ》て婚姻《こんいん》を結んだ相手も番と呼ぶけれど、それとは別に『魂《たましい》の番』と呼ばれる存在を得ることがあるんだ。パーシヴァルの番はこちらだね」

「『魂の番』ですか？」

初めて耳にする言葉に、悠真は首を傾《かし》げる。

「うん。獣人ならお互《たが》い一目で分かるというよ。抗《あらが》えないほどの強い力で、魂が引きつけられる、とかね」

「魂が……」

「もっとも、出会えるかどうかはあくまで運だからね。パーシヴァルは特別に早いほうだし、幸運だったね。僕なんかはこの歳《とし》になってもまだだし……実際出会わないまま、番の儀式を行って番となることのほうが多いくらいなんだ」

「そういうものなんですね……」

不思議な話だが、魔法のある世界なのだし、そんなものもあるのかもしれない。そして、そういうことならばこの歳で番がすでにいるというのも、おかしな話ではないのだろう。

パーシヴァルを見ると、とても嬉《うれ》しそうに頷いている。

「……ミリアリア様というのは、どんな方なんですか？」

「ミリアは、僕の一つ年上の猫《ねこ》族の子なんです。ハーウェイ伯爵《はくしゃく》家の次女で、金茶の髪《かみ》とヘーゼルの目のとても可愛《かわい》い女の子で――」

にこにこと微笑んで、嬉しそうに話してくれるパーシヴァルに、悠真も釣《つ》られて微笑んでしまう。どうやら二人は、パーシヴァルの十歳の誕生式典で出会ったらしい。すぐに互いが『魂の番』だと分かった二人は、その場で国王に報告し、それ以来二人は番として国から認められているのだという。

そんなパーシヴァルを微笑ましく思いつつ、ふと、とある考えが脳裏《のうり》を過《よぎ》った。

――もし、今後オズワルドの『魂の番』が現れたらどうなるのだろう？

「彼女は叔父上《おじうえ》よりも僕のほうがずっとかっこいい、って言ってくれるんです。そんなはずないんだけど、でも、彼女がそう心から言ってくれているのも分かるから……彼女がそう考えていてくれるなら、いつかきっと、本当にそうなれるように頑張ろうって思えるんです」

そう言ったパーシヴァルの目は、これまで見たことがないほど、まっすぐで力強かった。

『魂の番』だというミリアリアが、どれだけパーシヴァルにとって特別で、分かち難《がた》い存在なのかが伝わってくる。

「ミリアも、王妃となるための勉強を頑張ってくれているんです。だから僕も頑張らないといけません」

パーシヴァルがそう言ったときだった。

「いい心がけだ」

不意にそう声がかかって、ハッとしたようにパーシヴァルが振《ふ》り向く。

「叔父上！　き、聞いていらしたのですか？」

そこにいたのは、オズワルドだった。実を言えば悠真の視界には入っていたのだが、秘密だというように口元に指を立てられた上、楽しそうに見守っている様子だったので黙《だま》っていたのである。

狼狽《うろた》えるパーシヴァルの頭を、近付いてきたオズワルドが撫《な》でる。

「お前なら、必ず兄上のような立派な王になれる。頑張って日々努力することだ」

「は、はい！　ありがとうございます！」

オズワルドの言葉に、パーシヴァルの目がキラキラと輝《かがや》く。同時に尻尾《しっぽ》がパタパタと揺《ゆ》れていた。憧《あこが》れの叔父に褒《ほ》められて、よほど嬉しいのだろう。

それを見守りながらも、ほんの少しだけ胸の奥に違和感《いわかん》を覚えて悠真はそっと目を伏《ふ》せた。

「ユウマ？　どうかしたか？」

オズワルドは当然のように、悠真のそんな様子に気付いたらしい。

「え？　ううん、なんでもない」

けれど、浮《う》かんだ疑問や違和感を口に出すことなく、悠真は慌《あわ》てて頭《かぶり》を振った。

しばらくオズワルドと話をしたあと、パーシヴァルの迎《むか》えがやって来て、二人は帰っていった。

少し雲が出てきたこともあって、悠真とオズワルドも室内へと戻《もど》る。オズワルドはこのあと夜会に出席すると聞いていたから、とりあえずは悠真の部屋の居間へと向かった。

「オズの今日の仕事は、どうだった？」

「橋の視察だな。王都の北にアルティ川という川があるんだが、そこに架《か》かる橋の一つが完成したから兄上の名代として式典に顔を出してきた」

なるほど、と頷《うなず》きつつ、自室の扉《とびら》を潜《くぐ》った悠真は、場所を確認《かくにん》してみようと地図帳をテーブルに広げる。本来は図書室にあったものだが、興味のある本は自室に持って行っていいと言われていたため、よく使うものの一冊である地図帳は、ほとんど悠真の専用となっていた。

「この川？」

「ああ、そうだな。橋はここだ」

二人で頭を突《つ》き合わせて地図を覗《のぞ》き込み、オズワルドの指さした場所を見る。王都からは距《きょ》離《り》があるが、転移門を使ってさっと行って帰ってこられたのだろう。

「地図上でも橋がかかってるみたいだけど」

オルドワール大橋という名前が、地図には記載《きさい》されていた。

「この地図帳は改訂《かいてい》される前のものだな。老朽化《ろうきゅうか》と魔物《まもの》の襲撃《しゅうげき》で橋が落ちたのが一年前。その後無事だった橋桁《はしげた》を補強、修繕《しゅうぜん》して新しい橋を架けたんだ」

騎士《きし》団や商人たちの使っている最新の地図では、この橋が落ちたこともきちんと記載されていたようだ。

「次の地図にはオルドラケス大橋と記載されるはずだ」

「ワールじゃなくて、ラケス？」

「もともとはオルドバイア伯爵領とワールシア子爵領を繋《つな》ぐ橋だったんだが、ワールシアは随《ずい》分《ぶん》前にラケスハイド伯爵領に変わっている。橋の名前はそのままになっていたが、この機会に改めることになったんだ」

確かに言われてみると、領の名前も地図にあった。なるほどと頷きつつ、討伐《とうばつ》の旅の間にあったことも、きちんと把握《はあく》しているんだなと感心する。

話を聞いていると、オズワルドの仕事は国王の代わりにどこかへ出掛《でか》けていくものが多いようだ。今夜のように公務の一環《いっかん》としての夜会などへの出席も多く、夜遅《おそ》いこともしばしばだ。政務にも携《たずさ》わってはいるようなのだが、いずれ王太子を辞する以上は、あまり多くのことにかかわらないほうがいいと考えているらしい。

「オズは偉《えら》いなぁ」

本音ではあったものの、子どものような感想を口にしてしまったことに気付いて、悠真はハッとした。羞恥《しゅうち》にじわりと頬《ほお》が熱くなる。けれど、オズワルドは悠真の言葉に嬉しそうに目尻《めじり》を下げた。

「ユウマに褒められると、やる気が湧《わ》いてくるな」

「そ、そう？　ならよかったけど」

「本当はこのままずっと、ユウマについていたいところだったけどな」

そう言って、オズワルドは残念そうにため息を吐《つ》く。

そんなふうに言いつつも、毎日きちんと王太子の使命を果たしているオズワルドは、本当に偉いと思ったけれど、今度は口には出さなかった。自分は三食昼寝《ひるね》付きで、離宮でだらだらしているというのに……。

けれど、そんな悠真の気持ちもオズワルドには分かってしまうらしい。

「ユウマは以前、自分は高校生だと言っていただろう？」

「え？　あ、うん、そうだね。本当なら今頃《いまごろ》はもう卒業してたはずだけど」

おそらく最初にその話をしたときは旅の始まりの頃であり、十六歳だったと思う。今は十九歳なので、一応は進学校だったし、親の意向もあったから、あのままなら大学に進学していただろうか。

「叔父上に話をしていたときには、悠真の暮らしていた国では大学に進学し、二十二歳頃までは学生でいる者も多かったと言っていた」

確かにその話もしたので、悠真はこくりと頷く。

「それなら、本来ならユウマはまだ働く歳《とし》ではなかったんだろう？　この世界にいるからといって、それを変える必要はない。いや、俺が変えずにいて欲しいと思っているんだ。こちらの世界にいるからと苦労するようなことがないように……。俺のわがままだな」

「オズ……」

その言葉を聞いたとき、悠真は先日ボートの上で感じたのとはまた違《ちが》う気持ちになった。

もちろん、不満だとか、不快だとかいうことではないのだが……。

言っていることは、この世界に来たことで不満を抱《いだ》いて欲しくないということであり、この世界を好きになって欲しいという先日の主張と変わらないのだと思う。

変わったのはおそらく、悠真のほうなのだ。

ここのところ、オズワルドがこの国のために働いている姿を見ていたら、なんというか自分も助けになりたいという気持ちが湧いてきて……。

このときの気持ちを言葉にするならば、戸惑《とまど》いというのが、一番近いのかもしれない。

「なんて言っていいか、分かんないんだけど」

気持ちも言葉もまとまらないまま、そう口を開いた悠真を、オズワルドは黙って見守ってくれている。

「オズが『俺が元の世界にいたら持っていたはずのもの』を俺にくれようとしてくれるのは、

すごく嬉《うれ》しい」

もちろん、それは本来のものとは全く違うし、どうやっても同じにはならないものだ。

この世界にはゲーム機やスマホのような電子機器もないし、映像や音楽を気軽に見聞きすることもできない。

なにより、悠真の家族がいない。

けれど、オズワルドがそれでもと、考えてくれていることが嬉しいし、ありがたかった。

「俺さ、元の世界とは違うけど、今の生活も好きだよ。オズはもちろんだけど、オズの家族にも、ローディにも、すごく感謝してるし……」

ちらりと壁際《かべぎわ》に控《ひか》えているローディに視線を向けると、驚《おどろ》いたように目を瞠《みは》っていたが、すぐにはにかんだような微笑《ほほえ》みを浮かべてくれる。

オズワルドは無言で話を聞いてくれているけれど、尻尾は雄弁《ゆうべん》に揺れていた。

元の世界と違うから幸せじゃない、などと思って自身を哀《あわ》れむのは、この環境《かんきょう》を与《あた》えてくれているオズワルドや周囲の人たちに申し訳ないと思う。自分の幸福を思ってくれる人がいるのだということ、それ自体が悠真には嬉しかった。

「だから、オズが毎日頑張《がんば》って仕事してるの見てたら、俺も、その、オズのためにっていうか、その、世話になってる人たちのためにも、なんかできたらいいのになって、思って……」

「ユウマ……」

「お、恩を返したいとか、そういうんじゃなくて、いや、それもちょっとはあるけど！　でもそれだけじゃなくて……俺が今おおっぴらになんかしないほうがいいのも、ちゃんと分かってるし納得《なっとく》もしてて」

支離滅裂《しりめつれつ》なことを言っているような気がする。

けれど、全部言わずにやめてしまったら、そこから誤解が生まれて、後悔《こうかい》しそうで、悠真は自分の中から懸命《けんめい》に言葉を探す。

「でも、いつかでもいいから、俺が役に立てることがあったら、そしたら……ここがほんとに俺の居場所になってくれるんじゃないかって……思ってる、かも」

「ッ……」

悠真がそう口にした途端《とたん》、オズワルドが息を呑《の》み、悠真を強く抱《だ》きしめてきた。

ぎゅうぎゅうと苦しいくらいに抱きしめられて、驚きに目を瞠る。突然《とつぜん》どうしたのだろう？

「オ、オズっ？」

「――ユウマが、ここを居場所にしたいと思ってくれるのが、嬉しいんだ」

掠《かす》れた声に滲《にじ》む喜びに、悠真は驚き、それから少しだけ泣きそうになった。

オズワルドが本当に、そう思ってくれているのだと伝わってきて、胸の奥が甘く痛む。

「……オズのおかげだよ」

そう言って、悠真はその背に腕《うで》を回した。

本当に、ここがずっと自分の居場所であればいいのにと、そう思いながら……。

◇

「本当によかったのか？」

「もちろん」

心配そうにしているオズワルドにそう答えつつ、王宮の中を歩く。今向かっている場所には、王宮の中を抜《ぬ》けていくしか方法がないのだという。

二人が向かっているのは先王と王太后の住居である、奥宮と呼ばれる場所である。

王城の奥にあり、通常先王夫妻はそちらから出ることはあまりないのだという。

国王が退位するのは、現役《げんえき》を退くような状況《じょうきょう》になったときであり、その多くは体調によるものだ。だからだろうか、奥宮と呼ばれるその場所は、病や怪我《けが》を得た者でも穏《おだ》やかに過ごせるような静かで美しい場所だという。

とは言え、この代の先王は、まだ現役を引くには若い。

怪我をしたのが魔王《まおう》の復活している時期だったため、大事を取っての退位であり、その後も主に知識面で王を補佐《ほさ》しているようだ。

だが、奥宮の外に姿を現さないというのは、古くからあるしきたりらしく、先日オズワルドと悠真を迎《むか》えるために顔を出してくれたのは、数少ない例外の一つだったらしい。

そんな先王の下《もと》に悠真が行くのは、対外的には話し相手ということになっている。

だが、実際に悠真が行うのは、治療《ちりょう》だった。

先日、国王から直々に要請《ようせい》があり、失われた先王の腕の治療に当たることになったのである。

治癒《ちゆ》魔法は使えるものの、古傷の治療を行うのは初めてのことだった。だから、その腕を治すことができるかは分からなかったのだが、断るという選択肢《せんたくし》はない。衣食住を世話になっているのだ。せめて何か恩返しができればと思っていたから、渡《わた》りに船と言っていいほどだった。

任せてくれと言えないのは心苦しいが、できるだけのことはするつもりだ。

先王の怪我ならば、治したところで公式の場に出ないのだから、バレる心配はない。

とはいえ、王からは、せめて幻肢痛《げんしつう》を和《やわ》らげることができれば、という話であった。幻肢痛というのは、失ったはずの手足が痛むという感覚のことだ。感覚をごまかす薬などはあるらしいのだが、飲むと意識がぼんやりするため、よほど酷《ひど》いとき以外は飲もうとしないのだという。

そういった痛みの治療は完全に未知だが、もともと治癒魔法のメカニズムは悠真には与《あずか》り知らぬところである。効果が出るかは分からなくとも、やるだけやってみると返答するほかなかった。

「俺が余計なことを言ったせいで……」

小さな唸《うな》り声を上げたオズワルドに、悠真は苦笑《くしょう》する。

「俺のために考えてくれたんだろ？」

今回のことは、先日悠真が役に立てることがあればと言ったことを汲《く》んで、オズワルドが国王に相談してくれたからこそ実現したのだろう。

「むしろ言ってくれてよかったよ。まぁ力になれるかは、やってみないと分かんないけど」

そう言って笑ってみせると、少しほっとしたようだった。

そんな会話をしつつ騎士《きし》の立つ扉《とびら》を抜け、そのまま奥宮へと続く渡り廊下《ろうか》へと出る。

ちなみに、オズワルドは今日も仕事があるのだけれど、せめて行きだけは送らせてくれと言ってくれたので、こうして一緒《いっしょ》に向かっている。本来は案内に人を寄越《よこ》してくれることになっていたのだが、それを断ったのもオズワルドだった。

「おや、殿下《でんか》も一緒に来られたんですか？」

渡り廊下の先にあった、玄関《げんかん》の扉の前で悠真を待っていてくれたらしい執事《しつじ》服の男が、わずかに呆《あき》れたような声で言う。初老の男の頭には、少し先の折れた耳がついていた。

「ミケイレか……少し時間があったから、送ってきただけだ」

そう返したオズワルドの声は少し気まずそうで、名前を呼んだことからしても、それなりに親しい間柄《あいだがら》なのかもしれない。年齢《ねんれい》的なものや、ここで働いているらしいことから鑑《かんが》みると、子ども時代からの付き合いの可能性もある。

「こちらです、どうぞ」

ミケイレと呼ばれた男の案内に従い、二人は並んで扉を潜《くぐ》った。

そうして、案内されたサロンへ到着《とうちゃく》すると、そこにはすでに先王と王太后が揃《そろ》っていた。

「おお、なんだ、オズも一緒か」

「きっとそうだって言ったでしょう？」

王太后は楽しそうにそう言って笑う。

「送ってきただけですよ。父上、くれぐれもユウマに無理をさせないでください」

「ちょっ、オズ……！」

釘《くぎ》を刺《さ》すように言ったオズワルドに、悠真は慌《あわ》てたが、先王のほうはまるで気にしていないように頷《うなず》いた。

「分かっているさ」

その返答を聞いて、ようやく安心したのか、オズワルドは悠真にも無理はしないようにと言ってから、サロンを出て行く。

なんだか保護者付きで仕事に来たような気分で、少し恥《は》ずかしかったが、オズワルドが心配性《しょう》なのは今に始まったことではないし、二人も気にしていないようだったのであまり考えないことにした。

「まぁ、とりあえず座りなさい」

「あ、ありがとうございます」

勧《すす》められるままにソファに座ると、ミケイレがお茶を淹《い》れてくれる。

「先日振《ぶ》りだな。ここでの暮らしはどうだ？」

そう訊《き》いてきた先王の目がとてもやさしく労《いたわ》りに満ちているように感じられて、悠真はほっとしつつ頷く。

「はい、とてもよくしてもらっています」

「そうか。それならばよかった。きみはオズの番《つがい》であるし、何よりこの世界を救った英雄《えいゆう》の一人でもある。遠慮《えんりょ》せず過ごして欲しいと思っていたが……まぁ我々《われわれ》のように余生に入るにはまだ早かったのかもしれんな」

「そうねぇ。こんなに若いんだもの、私たちみたいにのんびり過ごすのは退屈《たいくつ》よね」

微笑《ほほえ》んでそう言いながら、王太后が焼き菓子《がし》を勧めてくれる。

「これ、私が焼いたの。よかったらどうぞ」

「えっ、あ、はい。ありがとうございます」

正直驚《おどろ》いた。菓子作りが趣味《しゅみ》なのだろうか？　やさしそうな風貌《ふうぼう》からすれば意外なことはなにもないのだが、立場は王太后であり、その服装も華美《かび》ではないがいわゆるドレスである。

「アイネはここに嫁《とつ》ぐ前は菓子店の娘《むすめ》でな。その菓子もとても美味《うま》いぞ」

「そう、なんですね」

菓子店の娘。どう考えても、貴族ではなさそうな前歴である。

聞けば実際平民で、遠征《えんせい》で出掛《でか》けた先で偶然《ぐうぜん》出会い、互《たが》いに魂《たましい》の番だと分かったため連れ帰ったのだという。

「そういうこともあるんですね……」

魂の番であれば、身分などは不問となるらしい。もちろん、王妃《おうひ》となるための勉強はせねばならないけれど、番のためならば頑張《がんば》れたと王太后は笑った。そう言えば、パーシヴァルの番だというミリアリアも、勉強を頑張っているという話だったなと思い出す。

「王妃としては未熟であったと思うんですけどね」

「そんなことはない。そなたほどの者はどこにもいないぞ」

力強くそう言った先王に、王太后はあらあらと言いつつも幸せそうだ。

菓子作りは趣味なのでそのまま続けており、現在もこの奥宮には王太后専用の厨房《ちゅうぼう》があるという。

用意されていたのはパウンドケーキらしきもので、実際食べてみると言われたとおりとても美味《おい》しかった。

そうして人心地《ひとごこち》ついてから、ようやく治癒魔法を使ってみることになる。

一応傷口を見ることになるのだし、王太后は別室にいたほうがいいのではないかとも思ったけれど、もうすっかり見慣れているから気にしないで欲しいという返答だった。

「……きれいに処置されていますね」

王だったのだから当然だが、できる限りの処置は施《ほどこ》されたのだろう。

「失ってからもう二年近く経《た》つからな、本来ならばとっくに慣れる頃《ころ》なのだろうが……」

「魔物《まもの》に負わされた傷は、後々まで響《ひび》くと言いますからね」

しかも、その魔物が強ければ強いほど、障《さわ》りのようなものが多く残るのだとか。

「幸い、食われる前に魔法使いの一人が燃やしてくれた。そうでなければもっと酷いことになっていただろう」

もちろん、腕《うで》が戻《もど》ってくるのが一番いいし、そうであれば隻腕《せきわん》になることもなかったのではないかと思う。だが、魔物に体の一部を取り込まれると、欠損を治せないというだけでなく、そこから侵食《しんしょく》が起こり、命まで取られることがある。

指程度ならばまだいいのだが、腕となると生きてはいられなかっただろう。

その辺りは、討伐《とうばつ》の旅という戦場に身を置いていた悠真にも、よく分かっていることだった。

そのせいで救えなかった仲間を、何人も見送ってきたのだ。

切断された四肢《しし》をくっつけたことも、失われた四肢を復元したこともある。だが、魔物に食われたものだけは、どうにもならなかった。

そういう意味では、腕を復元することができる可能性は十分にある。

「――――では、開始しますね」

すでに傷口とも言えない、すっかり皮膚《ひふ》としてきれいになっているその場所に、悠真はそっと手をかざす。

「ヒール」

それは簡単な、呪文《じゅもん》とも言えないような呪文だ。

けれど、この世界に来て、お前は聖女なのだから癒《いや》しの魔法が使えるはずだ、やってみろと突然《とつぜん》言われて、咄嗟《とっさ》に出たのがこれだったのである。ゲームだの漫画《まんが》だのの知識からくる適当なものであったのは間違《まちが》いない。

実際のところ、この世界の治癒《ちゆ》魔法は大抵《たいてい》が神への祈《いの》りだという。そんなことを言われても神の名前も知らず、そもそも信じてもいない悠真には分からない。

ちなみに毒や呪《のろ》いなどの状態異常から浄化《じょうか》まで、全《すべ》てこれ一本で押し通しているし、結界は『バリア』である。元の世界のことを知っている人物に会ったら恥ずかしさに埋《う》まりたくなったかもしれないが、そんなことは今まで一度もなかったし、召喚《しょうかん》魔法が禁術である以上今後もないと思っていいだろう。

そんなわけで、悠真の使う治癒魔法はこの世界の埒外《らちがい》のものであり——同時に特等のものでもあった。

「ッ……これは……」

先王と王太后が、驚いたように目を瞠《みは》っている。

怪我《けが》だけならば傷口を覆《おお》うように広がる光の粒子《りゅうし》が、今はまるでそこに存在するかのように腕をかたどっている。

悠真は、急速に自分の中から魔力が引き出されていくのが分かった。悠真の魔力は相当多いらしいのだが、それでもあっという間に八割ほどを持っていかれたように思う。

けれど、それは時間にすればそれほど長いものではなかった。

ようやく光が消えると、そこには初めからそうだったかのように、腕が復元されていて、悠真はほっと息を吐《つ》く。

途端《とたん》に、くらりと目眩《めまい》のようなものを感じて一瞬《いっしゅん》体をふらつかせた。

「大丈夫《だいじょうぶ》か⁉」

先王がそう言って、咄嗟にだろう、元に戻ったばかりの腕で支えてくれる。

「すみません、少しふらついただけです」

実際、体調が悪くなったわけではない。普段《ふだん》はないことなので説明しづらいのだが、たくさん泳いだあとにプールから上がろうとしたとき、妙《みょう》に体が重く感じるような感覚である。

「とにかく座ってちょうだい」

慌てたような声で言われて、そのままますとんとソファに掛《か》ける。

「あの、俺は大丈夫ですから。ええと、急に魔力が抜《ぬ》けて、膝《ひざ》がかくんとなっただけなので……」

少し情けない言い訳ではあるが、本当に問題はないのでそう言うと、二人ともほっとしたようだ。

実際、ほとんどゼロになるほど魔力を失って倒《たお》れたこともあるが、丸一日寝《ね》て起きたら大丈夫だったし、こうして意識があるときはとりあえず問題はないことは分かっている。

「ところで、腕はどうですか？　動いたようには見えたのですが……」

「あ、ああ」

先王はハッとしたように自らの腕に目を落とすと、手のひらを何度か握《にぎ》ったり開いたりしている。

「信じられんな……全く違和感《いわかん》がない」

「そうですか。それならよかったです」

どうやらちゃんと魔法は効いたようだと、ほっとする。

「いや、だが、これは……」

先王夫妻はどこか呆然《ぼうぜん》とした様子だったが、この反応も旅の初めの頃はよく見られたものだったため、悠真は気にせず温かい紅茶に口をつける。

自分の治癒魔法の様子が、どうにもおかしいことは分かっているのだ。悠真と同じ程度の治癒を可能とする力を持つ者はいたが、呪文も短いし、なにより早すぎるのだとか。

図《はか》らずも、悠真の存在は召喚魔法の有用性を示してしまったが、それでも、魔王と同等の者が再びこの世界に喚《よ》び落とされることを思えば、禁を解くことはあり得ないと旅の間に聞いていた。そうでなくとも、戦時中に戦力を願って敵国の将軍が喚び落とされ、城の内部から壊滅《かいめつ》するなどという、悲劇なのか喜劇なのかという事例もあったようだし。

「――……ユウマさん、この人の腕を取り戻してくれてありがとう」

そう言ったのは、王太后だった。その目がわずかに潤《うる》んでいることに気付いて、心が温かくなる。欲しくて手にした力ではないが、喜んでもらえるのはやはり嬉《うれ》しいものだ。

「ああ、そうだ……まずは礼を言うべきだった。ありがとう」

続いて先王がそう言って、がばりと頭を下げる。これには、悠真のほうが慌《あわ》てた。

「そ、そんな、頭を上げてください。俺は自分にできることをしただけなので……」

「……ありがとう」

悠真の言葉に先王は頭を上げると、もう一度礼を口にした。

「だが、なるほどな。この力であれば、やはり表に出すには時期を見誤らぬようにする必要がありそうだ」

先王の言葉に、やはりその判断に変わりはないのだなと思いつつ頷《うなず》く。

けれど、まだ一つであっても、何かを成すことができたことに、悠真はほっとした。

「本当に、ありがとうございました。私からもお礼を言わせてください」

ハンカチで涙《なみだ》を拭《ぬぐ》いつつそう言ったのは、悠真を送るために一緒《いっしょ》に奥宮を出てきたミケイレだった。よほど、先王の負傷に心を砕《くだ》いていたのだろう。

「そ、そんな、あの、気にしないでください。できることをしただけなので……あの、ここからは一人で戻れますので」

けれど、随分《ずいぶん》と年上の老紳士《しんし》に泣かれて、悠真は焦《あせ》ってしまい、その場を逃《に》げ出したくなってしまう。

ここまでの道順は難しいものではなかったし、要所ごとに騎士《きし》が立っているので迷ったら彼らに訊《き》けばいいだろう。来たときにも使った王宮の通用口から離宮《りきゅう》までは、馬車で戻ることになっており、それは特に手配などしなくても待っていてくれているはずだった。

「いえ、王宮を出るところまで送らせていただきます」

「そんな、でも、ええと、少し中庭を見ていけたらなと思っていたので……」

咄嗟にそう言ってしまったのは、王宮内を通り抜けるに当たって、オズワルドがここを突《つ》っ切ったほうが早いのだと言っていた静かな庭園が、頭のどこかに残っていたためだろう。

「そうなのですか？　確かにこの時期は水辺の花が美しいですからね」

「ええ、なのでここまでで大丈夫です。えっと、失礼します！」

悠真はそう言うと、失礼を承知で、半ば駆《か》け足でその場を逃げ出した。

そうして渡《わた》り廊下《ろうか》を抜けて王宮に入ると、何があったのだろうという顔をした騎士に小さく会釈《えしやく》をしつつ、今度はゆっくりと足を進める。

先ほどまでは緊張《きんちょう》もあったのだろう。落ち着いてみるとやはりまだ体の芯《しん》が重いような、ほのかな疲労《ひろう》が残っていた。

もちろん、実際は肉体的な疲労ではないのだけれど、表層に現れるものは不思議とそれに近いのだ。

だから、中庭で水辺に視線を向けた際、隠《かく》れるように置かれたベンチを見つけた悠真は、ほんの少しのつもりでそこに座り込んでしまった。

馬車を待たせているのは分かっていたけれど、どれくらいの時間がかかるのか分からなかったため、夕方までには戻《もど》るということになっていたから問題はないはずだ。

この魔力《まりよく》を失った際の倦怠《けんたい》感の厄介《やっかい》なところは、原因が原因だけに治癒魔法では癒《い》やせないという点だった。

もちろん、ここが戦場ならば八割の魔力を失った程度で、のんびり足を止めることなどなかったけれど、ここでならば問題はないだろう。

水辺の花が美しいと言っていたミケイレの言葉通り、そこには人工のものだろう小さな池があり、周囲には青みの強い紫色《むらさきいろ》の花がたくさん咲《さ》いていた。

どうやらこのベンチは、こうして水辺を観賞するために用意されたもののようだ。

生け垣《がき》の裏側にあったのも、石畳《いしだたみ》を歩く者の目線を避《さ》け、寛《くつろ》げるようにするためだろう。

とは言え、この辺りはまだ王宮の深部に当たるためか、人の姿はほとんどない。

——だから、きっとその声の主たちも、こんなところに人がいるとは思っていなかったのだろう。

「……聖女だとか」

「少年……見えなかったが……」

ポツポツと耳に届く言葉に、ほっとして目を閉じていた悠真はわずかに眉《まゆ》を寄せて目を開けた。

ひょっとして、今の声は自分の話をしているのでは、と気付いたからだ。

しかも、その会話の主たちは、こちらに近付いてくるようではないか。少しずつ、届く声が鮮明《せんめい》になっていく。

この場合、ここに自分がいますよと知らせてしまったほうが、むしろ親切なのでは、と悠真が考え始めたときだった。

「聖女をこの国に取り込めたことは喜ばしいが……」

「ああ、まさか、そのためにオズワルド殿下《でんか》が魂《たましい》の番《つがい》でない者と番《つが》うことになるとはな」

その言葉に、悠真はぎくりとして動きを止めてしまう。

「聖女を我が国にというだけであれば、フランツ様でもよかったのではないか？」

「そのようなことを言うものではない。随分と仲のよろしい様子ではないか」

窘《たしな》めるような言葉に、ほんの少しほっとする。けれど……。

「そうだがなぁ……だが、今後もしも魂の番が見つかって婚姻《こんいん》を結び直すようなことがあれば、あまりに聖女が不憫《ふびん》ではないか」

その言葉が呑《の》み込めず、混乱する。

魂の番が見つかって婚姻を結び直す？　どういうことだろう？

「それはそうだが……」

「そうなれば国を出てしまう恐《おそ》れもあるのではないか？」

どこか不安げな声に、しばし沈黙《ちんもく》が流れる。

「……いっそ聖女が魂の番であればよかったのだが」

「……これぱかりは仕方のないことだろう。殿下にはお気の毒なことだが、見つからぬよう祈《いの》るほかないさ」

そのまま少しずつ足音が遠ざかっていくのを聞きながら、悠真は混乱していた。どうやらこちらには来ないようだと気付いたのは随分経《た》ってからだったように思う。

一度大きく息を吐《は》いて、両の手のひらに顔を埋《うず》める。

きっと、悪気のない言葉だった。

思うことを、望みを、ただちらりと零《こぼ》しただけの、そんなたわいのない雑談。

けれど、だからといって気にせずにいることは、できそうもなかった。

オズワルドとの婚姻が、聖女を取り込むためだとはさすがに思わない。オズワルドの言葉はいつだって誠実で、やさしくて、悠真を一番に考えてくれているのだと分かるものだったから、その気持ちを疑うつもりはない。

けれど、魂の番が見つかれば、なによりそちらを優先するのが当然、という様子が応《こた》えた。

獣人《じゅうじん》にとって、魂の番という存在がどれほど大きいか、悠真にも分かる。

今日だって、先王夫妻の様子を微笑《ほほえ》ましく思ったばかりだ。

抗《あらが》えないほどの強い力で、魂が引きつけられるというその存在が、オズワルドの前に現れたら……。

人間である自分からすると、理解できないけれど、それが本当に抗いがたいものだというなら、オズワルドは一体どうするのだろう？

その疑問を、オズワルド本人に訊きたい気持ちもあったけれど、それ以上に答えを聞くのが恐ろしかった。悠真が知らないだけで、魂の番を尊重することは、訊くまでもなく当たり前のことなのかもしれない。

そう思うと、体の奥からぞっとするような寒気が這《は》い上がってきて、悠真は体を震《ふる》わせた。

そうして、そうなってようやく、いつの間にか自分がオズワルドを友人としてではなく、好きになっていたことに気付いたのだった……。

◇

「やっぱり、そうだよな」

手に取った本をパタンと閉じて、悠真はため息を零す。そして、そのまま棚《たな》へと本を戻《もど》すと、今度は全く別の棚の前へと移動した。

次に手に取ったのは植物の図鑑《ずかん》だ。それを持って部屋へと戻ることにする。

「お戻りになりますか？　お持ちいたします」

そう声をかけてくれたのは、本を選ぶ間、図書室の入り口で待機してくれていたローディだ。

「これくらい大丈夫《だいじょうぶ》。でも部屋に戻ったらお茶を淹《い》れてくれる？」

「はい、かしこまりました」

そんなやりとりをしつつ、自室へと向かう。

だが、口を噤《つぐ》んだ途端《とたん》、脳裏《のうり》に先ほど本棚の前で読んだ本の内容がぐるぐると回り始める。

――魂の番は、原初の獣人にとって己《おのれ》の半身に等しい存在だった。それ故《ゆえ》、魂の番を得て初めて、獣人は本来の力を取り戻すことができる。

あの本にはそう書かれていた。

いや、あの本だけではない。ここ最近、悠真は図書室で借りる本を選んでいる振《ふ》りをして、魂の番について書かれた本を読みあさっていた。

そしてその全《すべ》てに、魂の番が獣人にとってどれほど大切で、かけがえのない存在であるかが書かれていたのだ。

現在の、耳と尾《お》にだけ獣人の証《しるし》の残る者たちは、魂の番に出会っても気付けないこともあるが、獣頭だった頃《ころ》の獣人は、自らの魂の番を見つければ必ず気付き、求めたという。

もちろん、それは今もなお獣頭である王家の人間にも当てはまることだ。当然、オズワルドにも……。

そして、魂の番を見つけた際には、現在の婚姻を破棄《はき》することが許されているという。

それというのも、もともと魂の番を求める性質もあって、ライセールの前に獣人を統《す》べていた国では、魂の番以外との婚姻は許可されていなかったのだという。見つけられぬまま命を落とすことも多かった獣人たちは、非常に数が少なかった。

そのため、今から千年ほど前に、オズワルドの先祖である初代国王がライセール王国を建国した際、獣人の繁栄《はんえい》のために必要なことだとして、魂の番でない者との婚姻を許可、推奨《すいしょう》し、それと同時に、魂の番が見つかった場合には番契約《けいやく》を破棄できるようにしたのだという。それがのちに、婚姻の破棄へと名称《めいしょう》が変わったということのようだ。

現在、獣頭でない獣人が国民のほとんどを占《し》めるのは、魂の番以外との間に生まれる子は獣頭で生まれてこないことが多いためだという。

初代国王は、それでも獣人が滅《ほろ》びるよりはいいとしたのだろう。

そんなことを考えつつ部屋に戻った悠真は、テーブルに図鑑を広げ、ローディの淹れてくれたお茶に口をつける。

思考に沈《しず》んでいた悠真は、その美味《おい》しさにほっと息を吐いた。

「美味しい……ありがとう、ローディ」

「いいえ」

ローディは嬉《うれ》しそうに笑うと、部屋を出て行く。

一人になって、悠真はもう一口お茶を飲むと、図鑑へと目を向けた。

だが、すぐにノックの音がして、悠真は首を傾《かし》げる。ひょっとして、フランツでも来たのだろうか。

そう思ったのだが、悠真の返事を待ってドアを開けたのはオズワルドだった。心臓が大きく跳《は》ね上がったような、そんな気がする。

「……こんな時間にどうしたの?」

「座ってもいいか?」

こちらに近付いてきたオズワルドにそう問われ、悠真は頷《うなず》く。オズワルドは悠真の向かいに置かれた椅子《いす》へと腰掛《こしか》けた。

「……今日は休み?」

「ああ、最低限のことは済ませてきたからな。今日はもう休みだ」

「そうなんだ？　ゆっくりできるならよかった」

どうもこの国には、いわゆる週ごとの安息日のようなものはないらしく、一体いつ休むのかと心配に思っていたところだ。

国が定めた祝日はあるのだけれど、それは祝祭などが行われることが多いようで、王族や領主などはむしろ忙《いそが》しいようだし……。

今日は休めるのだと思えば、ほっとしてしまう。

だが、それはつまりこのあとも、悠真の傍《そば》にいる可能性が高いということでもある。

――困った……。

実を言えば、悠真はここ数日オズワルドを避《さ》けており、こんなふうに二人になることは食事の席を除けばほとんどなかった。

それはもちろん、自らに生まれてしまった恋心《こいごころ》を自覚してのことである。できれば今後の方針が固まるまでは、あまり近付きたくなかったのだが……。

「ユウマは読書か？　続けてくれていいぞ。俺も自由にしているから」

「……うん」

ベルを鳴らし、ローディにお茶を淹れてもらい、悠真は再び図鑑に視線を落とす。けれど、内容などまるで頭に入って来なかった。

悠真が、先王の治療《ちりょう》をした日から、四日。

あの日は疲《つか》れたからと、食事も部屋で軽いものを摂《と》って先に眠《ねむ》ってしまったものの、治療が上手《うま》くいったこともあって、魔力《まりょく》の使いすぎを心配されただけで不審《ふしん》がられることはなかった。

翌日は、国王から直々に礼を言われたりして時間を取られたし、オズワルドにはオズワルドの仕事があり、城を出ている時間が長かったので、なんとなく様子がおかしいなと思われているのを感じつつも追及《ついきゅう》は避けられている。

そして、昨日はなぜだか、オズワルドのほうが少し悠真を避けているというか、時間が合わなかったのか、朝食の席でしか顔を合わせなかった。

そのことにほっとしつつも、自分勝手に淋《さび》しくも思ったりして自己嫌悪《けんお》に陥《おちい》っていたのだが、今日はなぜかこうして、まだ昼食前の時間だというのに、悠真の傍にいるのである。落ち着けというほうが無理ではないだろうか。

もちろん、いつまでも避け続けるわけにはいかないし、昨日感じた淋しさを思えば、こうしてオズワルドが傍にいてくれることを喜ぶべきだとは思う。

けれど、すでに体の関係まであり、この後結婚《けっこん》を控《ひか》えている元友人に改めて恋心を抱《いだ》いている上に、相手にはそのうち本当に好きになる相手が現れるかもしれないという状況《じょうきょう》は、恋愛《れんあい》に疎《うと》い自分には荷が勝ちすぎる。

正直、オズワルドに対して、今更《いまさら》どう好意を示せばいいのか分からなかった。友人として、人として好意を持っていることは、オズワルドだって分かっているだろう。

もしも、魂《たましい》の番《つがい》のことを知らなかったら、素直《すなお》に今の気持ちを言葉で伝えたかもしれない。

けれど、知ってしまった今となっては、躊躇《ためら》ってしまう。

いずれ魂の番という、自分とは違《ちが》う、本物の番が現れるかもと思うとどうしていいか分からなくなる。

魂の番が現れたとき、自分がオズワルドを好きなのだと伝えていたら、オズワルドが負担に思うのではないかと不安になってしまう。

いや、本当は、自分が惨《みじ》めな思いをすることになるのではないかと、恐《おそ》れているだけなのかもしれないけれど……。

「――何かあったのか？」

突然《とつぜん》飛んできた質問に、悠真はぎくりとする。

「……何かって、なんだよ」

そう返したものの、自身に変化をもたらす出来事があったことは、悠真が一番よく分かっている。

おかげで、オズワルドに対する態度が、ギクシャクしてしまっていることも、そのせいでこのような疑いを掛《か》けられていることも……。

「うーん……」

オズワルドは小さく唸《うな》ると、手元の本から頑《かたく》なに視線を上げないでいる悠真をじっと見つめているようだ。視線に圧を感じるのは、悠真が意識しているからだろうか。

「……あの、せっかく休みならこんなところにいないで、好きにしてていいんだよ？」

「……邪魔《じゃま》か？」

気落ちしたような声に、悠真はハッとして顔を上げる。案の定、オズワルドの耳はぺたりと寝《ね》てしまっていたけれど、悠真が顔を上げたことに気付くとピンと立ち上がった。

「別に、邪魔とかじゃないけど、せっかくの休みなのに……」

せめて、昼食のあとは自分に構わず、ゆっくり休んで欲しいところだ。

「オズ、ずっと仕事だろ？　話したことなかったかもだけど、俺の元いた世界では五日働いたら二日休み、みたいなのが多かったから、こっちの人って全然休まないし、心配になるっていうか」

「そうなのか？　確かにその基準からすれば、そう感じるのかもしれないな。実際、今は忙しい時期ではある。もう少しすれば、休める日も増えるとは思うが」

「そっか……」

確かに、ようやく魔王が斃《たお》れ、国は復興のために大きく動いているのだろう。そんな時期に、王族が忙しいのは当然と言えば当然だ。

「俺も何か手伝えるといいんだけど……」

「父上の腕《うで》を治してくれただけでも、十分過ぎるくらいだ」

思わずため息を零《こぼ》した悠真に、オズワルドはすぐにそう言ってくれる。確かにそのことを喜んでもらえたのは嬉しいけれど、もっとオズワルドのために働けたらいいのに、と思う。

オズワルドのことが好きなのだと気付いてから、その思いは自然と大きくなった。

なぜだろう？　オズワルドも自分も、何一つ変わっていないはずなのに、心持ちが変わっただけでこんなふうに思うなんて不思議だ。

「俺にやれることがあったら、遠慮《えんりょ》しないで言って欲しいんだ。俺じゃ、やっていいことと悪いことの判断が付かないから、オズ頼《だよ》りになっちゃうけど……」

ちらりとオズワルドを見ておずおずとそう口にすると、オズワルドは嬉しそうに目を細める。

「やっとこっちを見たな」

「……人の話、聞いてた？」

ぐっと言葉に詰《つ》まったのをごまかすように軽く睨《にら》むと、もちろん、と頷かれる。

「でも、ユウマは自分でできることをちゃんと見つけてくれているだろ？　そうやって、この世界や、この国のことを勉強してくれている」

「それは――――やりたくてやってるだけだから」

むしろこんなにのんびり、興味を引かれたところだけ拾うようにして、本当に学びになっているのかは疑問である。

「それでも、俺はユウマがここに興味を持とうとしてくれているのが嬉《うれ》しいんだ」

オズワルドの言葉に、胸の奥が温まるのを感じて、悠真はじわりと熱くなる頰《ほお》をごまかすように俯《うつむ》く。

幸いにも、そのときちょうど、ローディが昼食の支度《したく》が整ったと、声をかけてくれた。

「そうか、わかった。ユウマ、一緒《いっしょ》に行こう」

立ち上がり手を差し伸《の》べてくるオズワルドに、頷きつつ立ち上がる。そのとき悠真はほんの少しだけ勇気を出して、その手を摑《つか》んでみた。立ち上がる際に、ちょっと手を借りた、という体《てい》で。

もちろん、すぐに手を離《はな》すつもりだったけれど、今度はその手をオズワルドに握《にぎ》られて狼狽《うろた》えてしまう。オズワルドは繫《つな》いだのとは逆の手に大きなバスケットを受け取ると、どこかにしまい込んだ。おそらくカフスボタン辺りが、空間収納になっているのだろう。

いや、それはいいのだが……。

「オ、オズ？」

「今日の昼食は、外で食べようと思ってバスケットに詰めてもらったんだ。転移門を使うからこのまま行こう」

「え、あ、うん」

頷《うなず》いたものの、手を放してもらうことはできなかった。

オズワルドに手を引かれるままに、馬車に乗り転移門のある建物まで移動する。馬車を降りる際にはまた手を伸ばされて、無視することもできずにまた握ってしまう。

そうして、転移門を使って移動した先は、石造りの天井《てんじょう》の高い建物だった。

「ここは……」

「国の東側にある古城の一つだ。今は砦《とりで》として使われているんだが……」

そう言いながら、オズワルドは迷わず建物の中を歩き、やがて階段をいくつか上った。途中《とちゅう》で騎士《きし》らしき男とすれ違ったが、驚《おどろ》いた様子はなかったから、ここに来ることはきちんと連絡《れんらく》済みだったのだろう。

そうして連れて行かれた先は、屋上だった。

「こっちだ」

庭園の奥へと連れて行かれて、やがて目の前に広がった景色に悠真は息を呑《の》んだ。

「――――すごい……」

そこは、とても見晴らしがよかった。真っ青な空の下に赤や黄色に色づいた木々の絨毯《じゅうたん》が広がっている。

屋上だからというだけでなく、城自体も高い場所にあるのだろう。麓《ふもと》には街が広がっているらしく、塀《へい》で囲まれた中に建物がひしめき合っている様子が見える。そこから伸びる、街道《かいどう》らしきものも。

「一時期ここの騎士団にいたことがあるんだ」

「え、そうなんだ？」

聞けばこの城の背後には広い森があり、魔王がいない時期でも、ある程度魔物の出現があるのだという。騎士団はその討伐《とうばつ》のために駐屯《ちゅうとん》しているのだとか。

「この時期の、ここから見える景色が好きだったから、一度ユウマに見せてやりたかったんだ」

「そっか……ありがとう。俺もこういう景色好きだよ」

実際、悠真は一年で秋が一番好きというのもあって、紅葉を見るのも好きだった。

「秋生まれだから、だろう？　前に言っていたな」

「……覚えてたんだ」

「もちろん。――ユウマ、誕生日おめでとう」

「…………え？」

オズワルドの言葉に、悠真はぱちりと瞬《しばたた》き、それからようやく言葉の意味を理解した。

「全く気付いていなかったんだな」

そう言われて、呆然《ぼうぜん》としたまま頷いた悠真に、オズワルドは笑って何やら小さな箱を差し出した。

「喜んでもらえるといいんだが……」

「これ、俺に？」

「ああ。誕生日プレゼントだ。受け取ってくれるか？」

手のひらに収まるほどの焦《こ》げ茶色の箱には、金の縁《ふちど》取りのある同系色のリボンが掛けられている。

おそるおそる手を伸ばして受け取る。

「開けていい？」

「もちろん」

頷いたオズワルドから、箱へと視線を戻《もど》し、悠真はリボンをほどいて箱を開けた。中には蔦《つた》模様のシンプルなブローチのようなものが収まっていた。けれど……。

「これ……魔道具？」

「ああ、そうだ。よく分かったな」

オズワルドはそう言って笑う。確かにぱっと見には分かりづらい。いくつか小さな石が嵌《は》まっているがそれは間違《まちが》いなくただの宝石だ。けれど、魔力を感じる。

「使い方は簡単だ。裏側に嵌まっている魔法石《まほうせき》に魔力を送ってみてくれ」

「裏側？」

その言葉にブローチを取り出してひっくり返すと、ピンの留め具に魔法石が嵌められていた。魔法石というのは、その名の通り魔法の込められた石である。中に術式が閉じ込められていて、その術式によって様々な働きをする。魔法が込められる石は魔物から取れる魔石と、宝石と同じように地中に埋《う》まっている鉱石の二種類があるが、鉱石のほうが小さくとも多くの魔法を込めることができるとか。

どちらにせよ、魔力はここから感じられたのだろう。納得《なっとく》しつつ、言われた通りにしてみる。

すると……。

「ユウマ」

「えっ」

悠真は驚いて目を瞠《みは》ると、顔を上げてオズワルドを見た。

「驚いたか?」

目の前にいるオズワルドから聞こえるのと同じ声が、魔道具からも聞こえる。

オズワルドは上着の襟《えり》の辺りに触《ふ》れていた。見れば、そこには悠真の手の中にあるものとそっくりな魔道具がついているではないか。

「ひょっとして、これって……声を送る魔道具?」

「ああ、よく分かったな。叔父上《おじうえ》は通信魔道具と呼んでいた。……そうだな、次は俺から送ってみよう。ユウマはここにいてくれ。ベルの音がしたら、魔法石に触れて」

そう言うと、オズワルドは少し離《はな》れた場所まで歩いて行く。小声で話せば声が届かないくらいの場所だ。

で聞こえた。

オズワルドが魔法石に触れる。するとすぐに、チリン、とベルを鳴らすような音がすぐ近くで聞こえた。

言われていたとおり、悠真は魔法石に触れた。

「ユウマ、聞こえるか？」

「！　聞こえる！」

「よかった。これがあれば、離れた場所にいても話ができるようになる。今魔力を送ったことで、所有者の登録がされているから、呼び出しのベルの音も、魔道具を通した声も、ユウマにしか聞こえない。その点だけは覚えておいてくれ」

「うん」

悠真が頷くと、オズワルドが戻ってくる。悠真は魔法石から指を離した。

「どうだ？」

わずかに不安そうにそう訊《き》かれて、悠真は微笑《ほほえ》む。

「すごく、嬉しい。ありがと」

こんなすごい物をくれたのに、不安そうにしているオズワルドが、なんだかとても可愛《かわい》く見えてしまった。

「そ、そうか。よかった」

そう言って尻尾《しっぽ》を揺《ゆ》らすと、オズワルドはそろそろ昼食にしようと、景色のよく見える東屋《あずまや》へと悠真を誘《さそ》ったのだった。

昼食のあとは、街を囲む外壁《がいへき》の上を歩かせてもらったりもした。この辺りは魔物の侵攻《しんこう》も激しく、街は未《いま》だ復興の最中であり壊《こわ》れたままの建物などもある。けれど、街の人々の顔は明るく、オズワルドを見つけた子どもたちが手を振《ふ》ってくれた。

その頃《ころ》には、ここ数日避《さ》けていた気まずさも、すっかりとなりを潜《ひそ》めて、悠真は少しの緊《きん》張《ちょう》と不意に訪《おとず》れるときめきに翻弄《ほんろう》されつつも、どうにか不自然でない態度を取れるようになっていたように思う。日が傾《かたむ》き出すと同時に、いつの間に用意していたのか上着を着せ掛《か》けられたときはドキリとしてしまったけれど、頬《ほお》の赤みは夕日でごまかせたと思いたい。

そうして、離宮《りきゅう》に戻ったのは、夕食の時間が近付いてからだった。

帰りを待って出迎《でむか》えてくれたローディに空になったバスケットを渡《わた》し、同じく待っていてくれたレイノールとともに食堂に向かう。

食堂のドアの前に着くと、レイノールがさっと前に出て、ドアを開けてくれる。そして、食堂へ足を踏《ふ》み入れた悠真は、驚《おどろ》きに目を瞠った。

「……殿下《でんか》、それにフランツ様も、いらしてたんですか？」

そこには思わぬ客人がいたのだ。

夕食を共にするなどという連絡《れんらく》は、来ていなかったと思うのだが……。

テーブルウェアや、飾《かざ》られている花々などもいつもより随分豪華《ずいぶんごうか》だ。ひょっとして、と思ってオズワルドを見上げると、こくりと頷《うなず》かれた。

どうやら、誕生日の祝いはまだ終わっていなかったらしい。

「せっかくだから、僕らも祝わせてもらおうと思ってね」

そう言ったのはフランツだ。パーシヴァルも頷いている。

「おめでとうございます、ユウマ」

「おめでとう」

まだ少し呆然としている悠真に、パーシヴァルとフランツが祝いの言葉をかけてくれる。

「あ、ありがとう、ございます」

「こちらとは暦《こよみ》の呼び方が違《ちが》うのだろう？　その辺も詳《くわ》しく聞きたいな」

ようやく、礼を口にした悠真に、そう言ったのはフランツだった。

だが、その通りなのである。

月の名前が数字ではないことや、一ヶ月が三十日ぴったりで、年の終わりに五日か六日の年《とし》隠《がく》れの日というものを設けていることから、悠真の誕生日である十月三十一日はこの世界には存在しない。今日は銀蹄月《ぎんていづき》の三十日である。

旅の途中《とちゅう》で誕生日が消滅《しょうめつ》したと冗談《じょうだん》交じりに言ったところ、オズワルドやマリエルなどが、それならば銀蹄月の三十日と、翌日の金星月《きんせいづき》の一日の両方を誕生日にしようと言い出したのだ。

結局一年に二日も誕生日があるなんて、一気に二つ年を取るみたいだとカイルが揶揄《からか》ったこともあって、銀蹄月の三十日を悠真の誕生日にすると、皆《みな》で決めてくれたのだった。

「まずは乾杯《かんぱい》しようか。ほら、座ろう」

言われて、パーシヴァルたちを待たせたままだったことに気付き、悠真は慌《あわ》てて頷くと、席に着いた。

待ち構えていたのだろう、スープと前菜が運ばれてくる。

空のグラスに飲み物を注いでくれたのは、オズワルドだった。

「発泡林檎酒《はっぽうりんごしゅ》だ」

「林檎酒……」

グラスを満たしているそれは金色で、きめの細かい泡《あわ》が立ち上っている。悠真は酒を飲んだことはなかった。

「ユウマは二十歳《はたち》になるのだろう？　元の世界では二十歳から酒が飲めると聞いていたから、これ以外にもいろいろと取り揃《そろ》えておいた。気に入るものがあるといいんだが……」

そんなことまで覚えていてくれたのかと、悠真は微笑む。けれど同時に少しだけ胸が痛んだ。

それは、いつか父親が、悠真が大人になって一緒《いっしょ》に酒が飲める日が楽しみだと、言っていたことを思い出したからだ。

「……ありがとう」

悠真がそう口にすると、オズワルドは同じ酒の注がれたグラスを持ち上げた。そうして目を細めるようにして悠真に微笑みかけたあと、二人にも視線を向ける。見ると、二人もすでにグラスを手にしていた。もちろん、パーシヴァルのグラスに入っているものは酒ではないと思うけれど。

「ユウマ、誕生日おめでとう」

「おめでとう」

「おめでとうございます」

「あ、ありがとうございます」

口々に祝いの言葉を述べてくれた三人に、悠真はそう言ってから、グラスに口をつける。

ほんのりとした甘さに、爽《さわ》やかな林檎の香《かお》りのするその酒は、初めて酒を飲む悠真にも飲みやすかった。ジュースとは違うけれど、これはこれで美味《おい》しいと思う。

「大丈夫《だいじょうぶ》そうか？」

「うん。美味しい。ありがとう、オズ」

悠真がそう言うと、オズワルドはほっとしたようだった。

きっと、父親が最初に自分に飲ませるとしたらそれは多分ビールで、こんな上等な酒ではなかっただろう。

それでも、晩酌《ばんしゃく》に付き合える日が来ればよかったのにと思うけれど……。

湧《わ》き上がった感傷をごまかすように、悠真は残りもぐいっと空けてしまった。オズワルドは少し驚いたようだったけれど、咎《とが》めることはない。むしろ、悠真がこの酒を気に入ったのだと思ったのか、嬉《うれ》しそうだ。

「同じのをもう一杯《いっぱい》飲むか？　それとも別のものを試《ため》してみるか？」

「じゃあ……もう一杯だけ、飲もうかな。そのあとは別のやつにしてみる」

オズワルドはその答えに頷いて、先ほどと同じ酒を注いでくれた。

「だが、料理も食べたほうがいい。酒だけではすぐに酔《よ》いが回ってしまうから」

「あ、そうか」

そのような話は聞いた覚えがある。悠真は素直《すなお》に頷くと、スプーンを手に取った。スープは悠真の好きな海老《えび》のビスクで、見れば前菜も一口サイズのキッシュやローストビーフなど、悠真が好きだと言った覚えのあるものばかりだった。

「俺、このスープすごく好きなんだ。前菜も……」

「そうか、よかったな」

思わず喜びを口にすると、オズワルドがそう言って頷く。

「随分前から、料理長と相談していたみたいだよ」

笑い混じりにそう言ったのは、フランツだった。

「え？」

「叔父上《おじうえ》、余計なことを言わないでください」

フランツの言葉に、オズワルドが少し困ったように言う。

「余計かなぁ？　ユウマだって、オズワルドが自分のために用意してくれたんだと知ったほうが嬉しいと思うよ？」

どうやらオズワルドが料理長と一緒に、悠真の好物だけでメニューを考えてくれたらしいと知って、悠真は大きく頷く。

昼のバスケットの中身も好きなものばかりだったけれど、そのときは何も教えてくれなかったのだ。

「オズが用意してくれたと思ったら、その、すごく、嬉しいよ」

そう口にするのは少し恥《は》ずかしかったけれど、誕生日を覚えていてくれたことも、祝ってくれたことも本当に嬉しい。その上、プレゼントだけでなく、メニューまで前々から用意してくれていたと知ったら、ますます喜びで胸が弾《はず》むようだった。頬がわずかに火照《ほて》っているように感じるのは、羞恥《しゅうち》のせいか、それとも喜びのせいか。

「そ、そうか。ユウマがそう言うなら……」

パタパタと尻尾《しっぽ》を揺《ゆ》らすオズワルドを見て、ふにゃりと頬《ほお》が緩《ゆる》んでしまう。

「そう言えば、例の通信魔道具《まどうぐ》はどうだった？　もう試してみた？」

オズワルドからもらったプレゼントのことだろう。悠真は頷いて使ってみた感想などを口にする。

そうしていろいろな話をしながら、食事は和《なご》やかに進んでいく。

その後も、出てくるメニューは全《すべ》て悠真が好んで食べていたものばかりで、どうしてオズワルドはこんなにも自分のことが分かるのだろうと不思議に思うほどだった。

もちろん、スープのように美味しいとか好きだとか、伝えたものもある。けれど、そのように口に出さないまでも、気に入ったものも出てきたのだから、言わずとも気付かれていたということだろう。

それは、酒にも言える。

最初の林檎酒だけでなく、その後に出てきた何種もの果実酒も、どれも美味しくて、悠真にはそれがとても不思議だった。

「……どうして、オズは俺が気に入るものが分かるんだろ？」

「ずっと一緒にいたからな」

ぽつりと呟《つぶや》いた悠真に、オズワルドがやさしい声で言う。

その声を聞いて、悠真は確かにそうだ、と思った。

この三年間、いや三年以上の間、オズワルドはずっと自分の傍《そば》にいたのだ。それもただいただけではない。やさしく気遣《きづか》って、ときには背中を預けて戦い、幾度《いくど》となく守ってくれもした。

オズワルドがいなければ死んでいただろうと思う場面は、片手の指では足りないほどだ。

その上、こんなに大事にされて……。

「――……そりゃ、好きになっちゃうよなぁ」

こんなの仕方ないと思う。口の中というより、グラスの中に零《こぼ》すようにして吐《は》き出した言葉は、オズワルドには届かなかっただろう。

「ユウマ、何か言った……ユウマ!?」

ぎょっとしたように目を瞠《みは》ったオズワルドの顔が、滲《にじ》んで見えて、悠真は首を傾《かし》げてぱちぱちと瞬《しばたた》く。

途端《とたん》、ぽろりと目尻《めじり》から何かが零れた。

「どうした？ 何かあったのか？」

おろおろと手を彷徨《さまよ》わせるオズワルドがなんだかおかしくて、悠真は声を立てて笑ってしまう。

「飲ませすぎたね」

ははは、とどこかで笑ったのはフランツだろうか。

「気付いていたなら言ってください！」

「オズ、怒《おこ》ってる？」

「あああ、ユウマに怒ってるんじゃないからな？」

　また悲しくなってしまった悠真を、オズワルドが慌《あわ》てたように抱《だ》きしめてくれる。悠真は驚《おどろ》きつつも嬉しくなって、オズワルドの背に腕《うで》を回してぎゅっと抱きしめた。ついでに頬に当ったふさふさの毛に思い切り頬ずりした。

「ふふ……気持ちいい……」

　ほう、と息を吐き出すと、オズワルドの体がぎくりと強《こわ》ばる。どうしたのだろう？　何か怖《こわ》いことでもあったのだろうか？

「大丈夫、怖くないよ」

　心配になって、悠真はオズワルドの体を撫《な》で回した。

「――――叔父上……パーシヴァル、ユウマが酔ってしまったようだ。すまないが……」

「いいよいいよ。楽しんでくれたんだろう。僕たちは適当に帰るから」

「はい。今日はお招きありがとうございました！」

　そんなやりとりを聞きつつ、悠真はオズワルドの腕の中で首を傾げる。

「もう帰っちゃうのか？」

「ああ、十分食べただろう？」

「オズは？　オズも帰るの？」

「俺は……帰らない。ユウマがよければ、だが」

「いいよ！　オズは帰っちゃダメ」

そう言ってぎゅっと一度抱きしめると、肩越《かたご》しに二人に手を振《ふ》る。

「また来てくださいね！」

そう言うと二人も笑ってくれた。

「わっ」

悠真が思わず声を上げたのは、オズワルドに抱き上げられたからだ。どうして抱き上げられたのだろうと思ったけれど、別に嫌《いや》ではないのでそのままにしておく。

「レイ、二人にケーキを切って持たせてくれ」

「ケーキ？」

思わず反応した悠真に、オズワルドが笑った。

「もちろん、ユウマの分もある。一番大きく切ってもらうか？」

「うん！　あ、でも、殿下《でんか》の次でいいよ」

パーシヴァルは、甘いものが大好きなのに、普段《ふだん》はあまり食べないようにしているのだ。ミリアリアが痩身《そうしん》を保つために控《ひか》えている様子を見て自分も我慢《がまん》しているのだとか。

「殿下！　いっぱい食べてくださいねぇ」

悠真がそう言うと、パーシヴァルが頷《うなず》いてくれる。

けれど……。

「俺のは、パーシヴァルより小さいのか？」

むっとしたようにそう言ったのは、オズワルドだった。甘いものはそんなに好きでもないはずなのにと思って首を傾げる。

「うーん？　じゃあ、オズは俺と一緒《いっしょ》」

「ユウマと一緒か……それならいい」

納得《なっとく》したように頷いたかと思うと、歩き出し、食堂を出て行く。どうやら二階に向かっているらしい。

「部屋に戻《もど》るの？」

「ああ、そのほうがいいだろう」

「お祝いはもう終わり？」

「……終わりじゃない。まだケーキも食べてないだろ？」

しょんぼりしていた気持ちが、その言葉でパッと浮《う》き立つ。

「そうだった！」

誕生日ケーキなんて、何年ぶりだろう？　前に食べたのが実家でのことだったと思うと感傷に胸の奥が痛んだけれど、嬉《うれ》しいという気持ちが勝《まさ》って、悠真は笑《え》みを浮かべる。

「オズ、ありがとう。お祝いしてくれて」

思わずそう口にすると、オズワルドは嬉しそうに悠真の髪《かみ》に頬をすり寄せる。髪がぐちゃぐちゃになってしまうのだが、悠真はこの仕草が好きだった。思わず手を伸《の》ばして撫でてしまう。

「オズ、ふさふさ……気持ちいい？」

頭や首の辺りを撫でながら訊《き》くと、ため息を吐かれる。

「ああ、気持ちいいよ」

けれど、返ってきたのは肯定《こうてい》だったので、気持ちがよくて零《こぼ》れた吐息《といき》だったのだろう。悠真は嬉しくなってオズワルドを撫で回した。

そうこうするうちに、部屋へと着いたようだ。オズワルドは迷うことなく寝室《しんしつ》まで進むと、魔法でベッドサイドの明かりを灯《とも》しつつ靴《くつ》を脱《ぬ》いでカーペットの上へと上がり、そのまま悠真をベッドの上に下ろす。

そして、跪《ひざまず》くと、悠真の靴も脱がせてくれた。

「自分でできるのに」

「いいから。ほら、水を飲め」

「ん？　うん」

水？　と思ったけれど、グラスを渡《わた》されると喉《のど》が渇《かわ》いているような気もして、悠真は素直《すなお》に口をつけた。

「もう一杯《いっぱい》いるか？」

一気に飲み干したからだろう、そう訊かれて頭《かぶり》を振る。

「そうか。欲しかったら言うんだぞ？」

その言葉に頷いて、悠真はベッドから降りようとした。けれど……。

「あっ」

「ユウマ⁉」

かくりと膝《ひざ》が折れて転びそうになった悠真を、オズワルドが慌てて抱き留めてくれた。だが、そのまま二人してカーペットに転がってしまう。いや、正確には、悠真がオズワルドをカーペットに押し倒《たお》した格好だ。

驚きに目を瞠ってから、オズワルドの顔を見た悠真は、オズワルドが珍《めずら》しく目を真ん丸にしているのを見て声を上げて笑い出した。その上、上手《うま》く体に力が入らず、オズワルドの上に寝《ね》転《ころ》んでしまう。

「ユウマ⁉」

ぎょっとしたようなオズワルドの声がまたおかしくて、悠真はどうにも楽しくなってきた。わずかに膝を突《つ》いて伸び上がると、オズワルドの顔や頭をわしゃわしゃと撫でる。

撫でながらも笑っていると、オズワルドは大きなため息を吐《つ》いた。

「酔《よ》っ払《ぱら》いは質《たち》が悪いな……」

「酔っ払いぃ？　オズ、飲み過ぎたの？」

「ユウマのことだ」

「俺は酔ってないよ?」

「酔っ払いはそう言うんだ。そもそも、ユウマはどういう状態が酔っている状態なのかも知らないだろう?」

「確かに」

それはそうだ。ということは、本当に酔っているのだろうか? 別にそんな気はしない。

「でも、いつもと全然同じだよ?」

「……同じじゃないだろう」

再びため息を吐いたオズワルドに、なんだか悲しくなる。けれど、力なくオズワルドの胸元《むなもと》に伏《ふ》せていると、オズワルドの手がゆっくりと頭を撫でてくれた。

悠真がオズワルドを撫でることは多いけれど、オズワルドに撫でられるのは珍しい。それがなんだか嬉しくてじっとしていると、ふとなんだかいい香《かお》りがすることに気付いた。

「ユウマ? 寝たのか?」

囁《ささや》くような声で問われて、ゆるゆると頭を振る。

「オズって、なんかいい匂《にお》いするなって思ってた」

「っ……」

すんすん、と鼻を鳴らすとますます強く感じられる。香水《こうすい》だろうか? だが、獣人《じゅうじん》は人より匂いに敏感《びんかん》なので、あまり香水は身につけないと聞いていたけれど……。

「こら、あまり嗅《か》ぐな。俺だって我慢しているんだぞ」

「そうなの？　別にいーのに」

「……そうなのか？　前はいやだと言っていただろう？」

「前ぇ？　知らない」

ぐりぐりと、胸に頭を擦《こす》り付けるようにして頭を振る。そんなこと言っただろうか？　言ったとしたら、旅の途中《とちゅう》で風呂《ふろ》に入れていなかったからなのではという気がするけれど……。

「……ユウマ、それはまずい」

「えー？」

なぜか声が間延びしてしまう。そんなこともなんだか面白《おもしろ》い。だが、そのままぐりぐりしていると、オズワルドに頭を押さえられてしまう。むっとして顔を上げると、両手で顔を挟《はさ》まれた。

「ユウマ」

少し困ったように名前を呼ばれて、悠真はどうしたのだろうと首を傾《かし》げようとしたが、顔が固定されているため上手くいかない。

「オズ――――」

手を離《はな》して、と言おうとしてオズワルドへと視線を向けた悠真は、その距離《きょり》の近さに何かを思い出しそうになって動きを止める。

頰《ほお》に触《ふ》れた手。そして、この距離感。

「……キスする？」

そう訊いた悠真に、オズワルドが再び目を真ん丸に見開いて固まった。

「っ……い、いや、悪かった、そんなつもりはなかったんだ」

だが、すぐに我《われ》に返ったらしいオズワルドは狼狽《うろた》えつつ、悠真の顔からパッと手を離す。それが、悠真には酷《ひど》く悲しく思える。

オズワルドに恋心《こいごころ》を抱《いだ》いているのだと気付いてから、悠真は自分でもばからしくなるほどあの夜のことを思い出していた。たった一度、番の儀式《ぎしき》として抱《だ》かれた、あの夜のことを。

あのときは、確かに求められていると思ったし、オズワルドが今、自分に向けてくれている気持ちを疑ったこともない。悠真が恐《おそ》れているのは未来のことだけだ。

なのに、考えてみれば、あれ以来一度も、オズワルドは自分を抱こうとはしない。自分の気持ちに気付くまでは、むしろそれを幸いとしていた自分に、今更《いまさら》何を言う資格もない。そう、分かっていたはずなのに……。

「――――いやだ」

悠真はそう言うと、ぎゅっとオズワルドの顔を両手で挟み込み、迷うことなくキスをした。

「ユ、ユウマ⁉」

「黙《だま》って」

悠真の言葉にオズワルドが口を閉《と》ざすと、何度もキスを重ねる。愛犬に口づけるような、たわいのないものだ。けれど、そうしながら悠真は自分の頬が熱く燃え、胸の奥がふわふわと浮《う》き立つのを感じる。心音が速くなり、頭が少しぼうっとする気もした。愛犬に対してこんな気持ちになっていてはまずいが、相手は婚約者《こんやく》なのだから問題ないはずだ。

本当は、何か問題があったはずなのだが、なぜだか思い出せない。ただ、こうしていることが嬉しくて、微笑《ほほえ》んでしまう。

けれど……。

「あっ」

唐突《とうとつ》に、オズワルドが起き上がったかと思うと、今度は逆に悠真をカーペットの上に押し倒し、覆《おお》い被《かぶ》さってくる。

「これ以上するなら、キスだけではやめてやれなくなるぞ?」

「いいよ」

言葉はするりと口から出た。やんわりと悠真の手首を摑《つか》んでいたオズワルドの手に、わずかに力がこもるのを感じる。

「全く、酔っ払いめ」

困ったような声だったけれど、その目には、あの夜に見た熱がこもっているように見えて、悠真はドキリとする。

「……オズにキスして欲しい」

――俺以外にしないで欲しい。

なぜかそちらのほうは、喉に引っかかったように言葉にならなかった。

オズワルドの喉がぐるると小さく唸《うな》り声を上げる。

「お前は今、酔っ払っているんだ。だから……」

「酔ってないって、言ってるだろ?」

「あー……全く……っ」

オズワルドは、一度顔が見えなくなるほど深く俯《うつむ》いて、吐き出すようにそう言うと顔を上げ、悠真の唇《くちびる》にそっとキスをした。

それからさっと悠真を抱き上げ、すぐ横にあったベッドへと下ろす。悠真は自分に覆い被さってくるオズワルドを見上げて、ふにゃりと微笑んだ。

オズワルドはそんな悠真に一度息を呑《の》んだあと、ほんの少し性急な手つきで悠真の服を脱《ぬ》がし始める。

もちろん、悠真は逆らうことなくそれに協力する。ころりころり左右に転がされるようにしながら上着もベストも脱がされ、シャツのボタンに指が掛《か》かる。

オズワルドが上から外そうとしているのを見て、下から外していこうと指を伸《の》ばしたものの、上手《うま》くいかない。さらされた首筋に舌を這《は》わされて、肩《かた》が震《ふる》えるせいだ。ようやく一つ外したときには他《ほか》のボタンは全《すべ》て外されていた。

「あ、ふ……っ」

首筋を甘噛《あまが》みされて、じわりとした快感が湧《わ》き上がる。

「っ……あっ」

思わず首を竦《すく》めると、まるでそれを咎《とが》めるように胸の辺りを抓《つね》られた。けれど、それによって湧き上がったのは痛みではなく、どこかむずむずとしたむずがゆさにも似た感覚だ。

なんだろうと思う間にも、指先で捏《こ》ねるように弄《いじ》られて、そこが乳首《ちくび》だと気付いた。

「んっ……オズ、なんで、そんなとこ……っ」

「まだ分からないか……けれど」

「あ……んぅ……」

きゅっ、と左の乳首を、オズワルドの指が摘《つ》まんだ。そのまま、先端《せんたん》をそっと撫《な》でられて、むずがゆさの中にわずかに快感が混ざり込む。

「ん、ん……」

続けられているうちに快感が少しずつ、かさを増していくのが分かった。そして、その快感に比例するように、徐々《じょじょ》にそこがぷっくりと膨《ふく》らみ始める。

「ふ……ぁ、あ……」

人差し指と親指で紙縒《こよ》りを作るかのように擦《こす》られて、気持ちよさに声が零《こぼ》れる。

オズワルドはもう一方の乳首も、指の腹でやさしく揉《も》むようにしながら、ゆっくりと尖《とが》りを育てるように指を動かした。

「ん……っ、なんか……」

「気持ちよくなってきたか？」

そう問われ、悠真はこくりと頷《うなず》く。オズワルドが嬉《うれ》しそうに目を細めた。

「この前はほとんど可愛《かわい》がってやれなかったからな」

そう言って今度は、指で尖らせたものに舌で触れる。濡《ぬ》れた舌で舐《な》められると、指で与《あた》えられたよりも強い快感が湧き上がり、びくりと腰《こし》を震わせてしまう。

そうして舌で舐《ねぶ》っている間に、自由になった手がズボンを脱がしにかかる。一度腰の辺りを抱かれたと思った次の瞬間《しゅんかん》には下着ごと奪《うば》われていた。

「ああ、ちゃんと感じてくれたみたいだな。酔《よ》っているからどうかと思ったが……」

「ひぁ……っ」

濡れた声が零れたのは、わずかに頭をもたげていたものに指を這わされたためだ。

「あ、あっ……あぁっ」

そのままゆっくり上下に扱《しご》かれて、びくびくと腰が震える。

「あ、ああ……ん……っ」

その上、再び乳首を舐められて、悠真は無意識に膝《ひざ》を擦り合わせた。

透明《とうめい》な先走りを零し始めた先端を指先で刺激《しげき》され、くちゅくちゅと濡れた音がし始める。その頃《ころ》になると、腰が揺《ゆ》れるのを止められなくなっていた。

気持ちがよすぎて、頭がぼうっとする。

「ユウマ、我慢《がまん》しなくていい」

「あっ、あぁっ」

もう今にもイキそうになっていたものを強く扱かれて、悠真はただ声を上げることしかできない。

舌で捏ねられ、何度も吸われた乳首もすっかり赤くなり、つんと尖っている。ひどく敏感《びんかん》になっていて、時折押し潰《つぶ》されたり、きゅっと指で摘まれたりして与えられる痛みすらもどこか甘い。

「あ…あっ……あぁ！」

そうして、悠真はそのまま、オズワルドの手の中で絶頂に達してしまった。

ぐったりと体から力を抜《ぬ》き、荒《あら》い息を繰《く》り返す悠真の髪《かみ》をオズワルドが撫でる。

一度ベッドを降りる気配があって、悠真は閉じていた目を開けた。

「……オズ？」

「うん？」

オズワルドが振《ふ》り返る。そのときになって、悠真はオズワルドがほとんど服装を乱していなかったことに気付いた。

「……どっか行くの？」

ざわりと胸の奥を不安が揺らす。

オズワルドはやさしく目を細めて微笑むと、枕元《まくらもと》に近付いてその大きな手で悠真の目を覆った。

「気にしなくていい。そのまま眠《ねむ》ってしまえ」

「っ……」

労《いたわ》りに満ちた言葉に、悠真はひゅっと息を呑み、その手を振り払《はら》うようにして体を起こす。

「なんで……!?」

「ユウマ？」

「オズはまだ、何も……」

服すらも脱がず、ただ悠真に快感を与えただけ。そうして、眠ってしまえと……。

それはきっとやさしさなのだろう。けれど、このときはどうしてもそれが淋《さび》しかった。淋しくて、悲しくて、悔《くや》しかった。

自分が、もう必要ないようで……。

「もう、俺のこと抱《だ》きたくなくなった？」

「な、何を……」

「俺のこと、もう、嫌《いや》になった？」

まだ、魂《たましい》の番《つがい》はいないのに。それでも、いつか出会うかもしれないその相手のために抱かないというのだろうか。一度だけのあの夜は、儀式《ぎしき》のためで……？

「そんなわけがないだろう！」

オズワルドはすぐにそう言ってくれたけれど、悠真は納得《なっとく》できなかった。

「……最後までして欲しいって言っても、だめ？」

そう言って、悠真は縋《すが》るようにオズワルドを見つめる。オズワルドは何度か口の開閉を繰り返したあと、唸りながら頭を抱《かか》え、それから覚悟《かくご》を決めたように顔を上げる。

「あとでいくらでも謝る」

なぜだかそんなことを口にして、上着を脱いだ。

「ユウマにここまで言われて我慢しろというほうが無理だ」

シャツを脱ぎ、再びベッドに上がってきたオズワルドに、悠真はほっとする。

ほっとして、ようやく体に熱が戻《もど》った気がした。

そのままゆっくりとベッドに寝《ね》かされる。脇腹《わきばら》から腿《もも》の辺りまでをそっと撫で下ろされ、開かされた足の間にオズワルドが入り込んできた。内腿や足の付け根を撫でられて、熾火《おきび》のように体の奥に残っていた快感が、徐々に火勢を取り戻していく。

オズワルドが、どこからか取り出した小瓶《こびん》の蓋《ふた》を開く。中の液体をとろりと手のひらに零すと、悠真の足の付け根の、更《さら》に奥へと伸ばす。狭間《はざま》に、濡れた固い指が触《ふ》れた。

「んっ、あ……あ、あっ」

指が中へと入り込んでくる。悠真のよりも長い指が、奥までゆっくりと道を作っていく。きゅうきゅうと、自分の体が指を締《し》めつけるのが分かった。

そうして狭《せま》くなった中を、オズワルドの指は容赦《ようしゃ》なく動き回り、悠真が快感を覚える場所を過《あやま》たず刺激する。

「ひぁ……っ、あっ、あぁっ」

ぐちゅぐちゅと指が動く。その度《たび》に、たまらない快感が湧き上がり、踵《かかと》がシーツの上を滑《すべ》る。体温で温まったせいか、覚えのある、香油《こうゆ》の甘い香《かお》りが鼻《び》腔《こう》をくすぐる。唇《くちびる》からは、ひっきりなしに高い声が零れた。

そうして快感に翻弄《ほんろう》されるうちに、悠真の中には三本目の指が入り込んでいた。

「も……あ、あっ……んっ」

与えられる快感の量に溺《おぼ》れそうになって、指はもういいのだと頭《かぶり》を振ったけれどオズワルドの指が出て行くことはない。正確には一度抜け出てもすぐに香油を足してもう一度入り込んでくる。

広げられ、かき混ぜられて、先ほど一度達した悠真のものが、再びとろりと先走りを零す頃になってようやく、指が抜かれた。

「ユウマ……」

躊躇《ためら》うように動きを止めてしまったオズワルドに、悠真は視線を彷徨《さまよ》わせつつ、そっといつの間にか立てていた膝を開いた。

「……オズ、入れてくれないの……？」

「っ……」

オズワルドが息を呑《の》み、前立てを開くと悠真の膝裏に手を掛《か》けて持ち上げる。

「どこで覚えてくるんだ……っ」

「あ……」

熱く、固いものを押し当てられて、ぞくりと背筋が震《ふる》える。

「あ…ああ……っ」

オズワルドのものが入り込んできて、悠真はただ声を零すことしかできなかった。指では届かなかった場所まで広げられて、自分の中がいっぱいになっていくのが分かる。

「は、あ……っ」

ようやくすべてを飲み込んだときには、それだけでもう、イッてしまいそうだった。

けれど、もちろんそれで終わるはずもない。

「オズ……ぎゅって、したい」

「ユウマ……」

手を伸《の》ばし、体を寄せてくれたオズワルドを抱きしめる。素肌《すはだ》の触れあう感触《かんしょく》に、ドキリとした。

「体を起こすぞ」

「え、あ、あぁ……っ！」

中に入れたまま、膝の上に抱き上げられて悠真は濡《ぬ》れた声を上げる。軽くイッてしまったような気がしたけれど、オズワルドの腹との間に挟《はさ》まれているものはまだ固いままだった。

「痛くないか？」

「ん……全然、平気。おなか、いっぱいになってる、けど……んっ」

片手でゆっくりと腹をさすると、急に中のものが大きくなった気がして、悠真は息を詰《つ》める。

「そんなに煽《あお》らないでくれ。ゆっくりしようとしているんだ」

困ったような声。けれど、言葉通りそのままゆっくりと、腰《こし》を揺らしてくれる。

「あっ、あっ、あぁ……っ」

そっと中をかき混ぜられて、悠真はあえかな声を零《こぼ》す。

熱くて少しだけ苦しくて、けれど気持ちよくて。抱きついて自分からも腰を揺らす。

「ユウマ……っ」

濡れた声で名前を呼ばれると、脳が痺《しび》れたみたいになる。

なんだか少し泣きそうだった。

「あ……も……っ、だめ……イク……っ」

だめだと言いながら、腰が動いてしまう。

揺《ゆ》すられて揺すって、わけが分からないまま二回目の絶頂に駆《か》け上がる。

「あ、ああ……っ！」

オズワルドはそのまま、ぎゅうっと締めつけた場所の奥を突《つ》き上げる。そうして深い場所で出されたのが分かった。

その感覚に、びくびくと体が震える。そうして、体から力が抜《ぬ》けていくのを感じながら、悠真はふわりと意識を失った。

◇

「あー……」

寝室《しんしつ》のカーペットに転がって、悠真は高い天井《てんじょう》を見つめて呟《つぶや》く。

やってしまった。

文字通り、と思ってからふざけている場合ではないと思い、両手で顔を覆《おお》ってごろりと転がって横向きになる。

二度と酒など飲むものか、と思う。

少なくとも酔《よ》うほどに飲むべきではない。

正直なところ、昨夜の記憶《きおく》は飛び飛びになっていて、覚えていないことも多い。けれど、それでも、自分がオズワルドを誘《さそ》ったことだけはうっすらと覚えている。

恥《は》ずかしかった。同時に、自分がそんなことをしたのが体でつなぎ止めようとしたとしか思えなくて、その浅ましさに落ち込まずにはいられない。

あのときはなぜか、オズワルドが自分を抱《だ》かないのは、いつか出会う魂の番のためかと思ってしまったのだ。

冷静になればそんなわけはないと、少なくとも今オズワルドはちゃんと悠真を好きでいてくれて、抱かないのだって悠真のためという理由以外の何物でもないと分かっている。分かっているのである。なのに、あんな……。

「うううううう……」

悠真は唸《うな》りつつ、足をめちゃくちゃに動かしてジタバタした。もちろん、ここに誰《だれ》もいないと分かっているからこその行動である。

今朝は目が覚めるとすぐに、隣《となり》で様子を見守ってくれていたらしいオズワルドに平謝りに謝った。オズワルドは、悪いのは酔っ払《ぱら》っていると分かっていながら手を出した自分のほうだと言っていたが、どう考えても悪いのは悠真のほうである。

その上オズワルドは、初めて飲んだ酒で盛大《せいだい》に酔っ払った悠真の体調を心配してくれさえしたのだ。頭痛などの不調に関しては、自分でさっと治せるので問題はなかった。その点は治癒《ちゆ》魔法《まほう》が得意でよかったと思う。

幸いと言っていいか分からないが、オズワルドは昨日休みを取ったこともあって、今日は外せない仕事があるらしく、そのあとすぐに部屋を出て行った。

悠真は半ば呆然《ぼうぜん》としたまま風呂《ふろ》だけは済ませたものの、その後はオズワルドが仕事しているのにと罪悪感を覚えつつも、それを上回る羞恥《しゅうち》と後悔《こうかい》、申し訳なさに苛《さいな》まれてこうして転がっている、というわけだ。

ちなみに昼食は、到底《とうてい》顔を突き合わせて食べられる心情ではなかったため、別々にさせてもらったが、ほとんど喉《のど》を通らなかった。

ローディにまで心配を掛けてしまい、ますます申し訳なさが募《つの》ったが、今日だけは勘弁《かんべん》して欲しい。

穴があったら入りたい、という言葉をこれほど身近に感じたことはなかった。

それまでの数日間、オズワルドを避《さ》けていたくせに、酔っ払ってあんなふうに誘った自分にオズワルドは呆《あき》れたに違《ちが》いない。にもかかわらず、謝罪してくれるのだから、本当に人がいいというか……。

「好きだなぁ……」

呟いてからクッションに顔を埋《うず》める。

まだ少し、勇気がない。けれど、酒の力になど頼《たよ》らずに、ちゃんと自分から気持ちを伝えるべきなのだと分かっている。

どうして、こんなふうになってしまうのだろう。誠実でありたいと、特に自分が大切にしている人たちにはそうありたいと思うのに。

悠真は昨日オズワルドにもらった魔道具のブローチを、指輪の収納から取り出した。

それをじっと見つめる。魔法石は美しい黄色で、光を当てると金色にも見える。まるで、オズワルドの瞳《ひとみ》のように。

そう言えば、オズワルドが襟《えり》につけていたほうには、黒い石がついていた。おそらく、あれは悠真の瞳を意識したものだろう。そう思ったらじわりと頬《ほお》が熱くなる。

――一体、自分は何様のつもりなのだろう。

こんなに大切にされて、未来が不安だなんて言えた立場だろうか？

元の世界での当たり前の日常から切り離《はな》されたこと、帰れると信じて懸命《けんめい》に過ごした三年間を裏切られたこと。セイルダムとの関《かか》わりの中で、悠真はこの先の未来が、自分にとって良いものだと信じる心を失っていた。

未来などいつだって不確かで、望んだようにはならないもの。

きっとこのまま幸せではいられない。こんな生活は続かない。悪いことが起きるだろう。

悠真はいつの間にか、自分の中にそんな後ろ向きな考えが根付いてしまっていたことに気付いた。

だから、オズワルドに気持ちを伝え両思いになったとしても、いずれ現れる魂《たましい》の番《つがい》にオズワルドを奪《うば》われるだろうと思ってしまうのだ。

オズワルドを信じていないわけではない。悠真が信じていないのは、自分の未来だった。

「情けないな……」

呟いて、悠真はむくりと起き上がる。

こうして転がっていると、どんどん落ち込んでいきそうで、せめて少し気分転換《てんかん》をしようと思う。

この世界にはTシャツとかジャージなどといった衣服はないため、こんなにだらだらしていても悠真が着ていたのはそこそこきちんとしたシャツとズボンである。もちろん寝《ね》るときに着るものは別にあるのだが、風呂から出たあと一応着替《きが》えはしたのだ。散歩に行くならこれでは寒いかと思い、上着を取り出す。

少し考えて、昨日オズワルドがしていたように襟にブローチを留めた。

そうして、そっと部屋を抜け出る。

いつもの癖《くせ》で図書室に向かいそうになったが、散歩をしようとしていたのだと思い直して外に出ることにした。

と言っても中庭である。悠真は離宮《りきゅう》から出ることもできるのだが、それにはローディか誰かの供が必須《ひっす》であったし、今は一人でいたかった。

それに、ここの中庭もそれなりの広さがある。庭師によって整えられた花壇《かだん》や、花木に咲《さ》いた花、紅葉した木々が目を楽しませてくれる。

そうして赤く染まった木々を見れば、昨日オズワルドが見せてくれた景色を思い出さずにはいられなかった。

あのまま終わっていれば、平和な一日だったのだが……。いや、もちろん、その後のフランツとパーシヴァルからの祝いが嬉《うれ》しくなかった、ということではない。むしろあれはあれでとても嬉しかったのだけれど。

ため息を吐《つ》きつつ、周囲にトピアリーが飾《かざ》られた噴水《ふんすい》の近くを歩いていたときだった。

「ユウマ様」

突然《とつぜん》名前を呼ばれて、悠真は足を止め、声のしたほうへと視線を向ける。けれど、声を聞いた時点で気付いていたことではあったが、そこにいたのは全く知らない人物だった。

声を聞いたことはないが、見覚えがある、といった程度の心当たりもない。格好としては侍《じ》従《じゅう》の服なので、悠真とはあまり関わりのない建物で働いている者なのかもしれなかった。

「ええと、なんで……何かな？」

なんでしょうか、と言いそうになって慌《あわ》てて直す。侍従や騎士《きし》などに対して敬語を使うのはオズワルドの番としては推奨《すいしょう》できないと注意されたことがあり、それ以来気をつけているのだ。

「フランツ様がお呼びです」

「フランツ様が？」

悠真は驚《おどろ》いて目を瞠《みは》る。昨日会ったときは何も言っていなかったけれど……。とは言え、フランツが前触《まえぶ》れなく顔を出すこと自体は珍《めずら》しくない。

「いつものサロンかな？」

「いえ、研究室に来ていただきたいとのことです」

「え？」

それは、初めてのことだった。もちろん、悠真もフランツが王城内の研究棟《とう》に、研究室を持っていることは知っていた。そちらに入り浸《びた》りで、領地の管理は優秀《ゆうしゅう》な代理人に任せっぱなしだということも。

だが、悠真がそちらに呼ばれるのはこれが初めてだった。

「実は、ユウマ様を元の世界にお帰しする方法が見つかったと」

「……は？」

悠真はぽかんと口を開けて硬直《こうちょく》する。

この男は今何を言ったのだろう？

ユウマ様、というのは間違《まちが》いなく自分のことだろう。自分を、元の世界に？

「まだ実験段階なのですが、確認《かくにん》したいことがあり研究室のほうへ来ていただきたいということで、私がお迎《むか》えに上がった次第《しだい》です」

悠真が混乱している間にも、男はそう言うと恭《うやうや》しく頭を下げる。そうして、こちらですと歩き出そうとする。

けれど、悠真はその場から動けなかった。

――元の世界に帰れる？　本当に？

そう疑問に思うのと同時に、悠真はもう一つの疑問を覚えていた。

自分は……帰りたいと思っているのだろうか？

もちろん、家族には会いたい。きっと、いや間違いなく心配しているだろう。

それに、もしも今後、オズワルドの魂の番が現れたときのことを思えば帰ったほうがいいのかもしれないとも思う。

だが、どうしてだろう。咄嗟《とっさ》に足が踏《ふ》み出せなかった。

あれほど、帰ることを希求していたというのに……。

「ユウマ様？　いかがなさいました？」

「あ……」

再び促《うなが》されて、ほとんど反射的に歩き出す。頭はまだ、満足に回っていなかった。

だが、話は聞いてみるべきだろう。どちらにしろ、今すぐに帰すという話ではないはずだ。とにかくフランツから話を聞いて、それからどうするか考えればいい。フランツが無理強《むりじ》いするとも思えない。オズワルドにだって、ちゃんと話をして……。

そんなことをぐるぐると考えつつ、男とともに離宮の門を出る。

悠真は自分の考えでいっぱいになっていたけれど、しばらく歩いてからふと不思議に思う。

――研究棟の位置は、こちらだっただろうか？

実のところ、悠真は研究棟に行ったことはない。けれど、王城の内部の地図は何度も目にしたことがあった。もちろん、警備上の理由から門外不出であり、誰《だれ》もが目にできるものではないらしいのだが、悠真は一応王太子の番という立場なので、ある程度の情報には触れることができる。

そして、そのときに見た地図の記憶《きおく》からすると、今向かっているのは研究棟の方角から外れているように感じるのである。

こういうときの勘《かん》は無視しないほうがいいと、悠真は討伐《とうばつ》の旅で学んでいた。

だが――気付くのが遅《おそ》すぎたのだろう。

「えっ」

悠真は驚いて目を瞠った。突然、前を歩いていた男が倒《たお》れ込んだのだ。たった今まで歩いていたのに、まるで操《あやつ》っていた糸が切れたかのような、不自然な倒れ方だった。

疑っていたことに関して一瞬《いっしゅん》惑《まど》いが生まれる。急病で意識を失ったのだとしたら、命の危険があるのではないか。

思わず駆《か》け寄ったのは、治癒魔法《ちゆまほう》師としての本能のようなものだ。

けれど、それは確かに隙《すき》だったのだろう。

くらりと目眩《めまい》のようなものを感じ、かくりと膝《ひざ》から力が抜《ぬ》ける。

「何……」

咄嗟に襟《えり》をぎゅっと握《にぎ》りしめたのを最後に、悠真の意識はふつりと途切《とぎ》れた。

ぐらぐらと、音もなく地面が揺《ゆ》れている。

地震《じしん》だろうかと思いながら、悠真は重い瞼《まぶた》を開いた。けれど、そこにあるのは暗闇《くらやみ》だった。夜かと思ってから、そっと視線を巡《めぐ》らせて、そうではないと気付く。

足下《あしもと》のほうが、うっすらと明るい。

手を伸《の》ばそうとして、後ろ手に縛《しば》られていることにも気付いた。同時に、こうなる前に何があったかもはっきりと思い出す。

侍従服の男に連れられて移動し、意識を奪《うば》われたのだ。

――完全に油断していた。

この国に来てから危険なことは一度もなかったし、あそこは王城の中で、特に強い権限があるわけではないものの悠真は地位だけは高い。救世の英雄《えいゆう》となった王太子の番《つがい》であり、悠真自身も英雄の一人なのである。敵視してくるような者も、表面上はいなかったように思う。

だが、そうではなかったということだろう。実際にはなんらかの害意を持った者がいたか、もしくは悠真の力を知って手に入れようとした者がいたのか……。

分からないが、多分これは誘拐《ゆうかい》だろう。

殺されなかったところをみると、後者の可能性が高いが、身《み》の代金《しろきん》目的の可能性もあるだろうか……。

なんにせよ、オズワルドには間違いなく迷惑《めいわく》を掛《か》けてしまう。もちろん、心配も同等に。

縛られた手を少しだけ動かす。すぐに何かに触れた。滑《なめ》らかだが少しざらりとする。木製の壁《かべ》、だろうか？　今度は足を少しだけ動かす。

少しずつ探《さぐ》ってみて分かったのは、自分がどうやら木箱のようなものの中に閉じ込められている、ということだった。

足下がわずかに明るいのは、空気穴のようなものが空いているのだろう。だが、目が慣れればそれがさほどの明るさでないことも分かる。揺れからして、移動しているようだから、馬車の荷台にでも積まれているのだろうか。まさか人力で移動させられているということはないと思う。

外の音が届かないのは、おそらく防音の魔法がかかっているのだろう。振動《しんどう》はあるのに、馬の嘶《いなな》きも、蹄《ひづめ》の音も、車輪の回る音もしないのだ。

自分がどれほど眠《ねむ》っていたかは分からない。だが、空気穴から光が入ってくるということはおそらくまだ日が暮れる前なのだろう。一昼夜も寝《ね》ていたとは思えなかった。

つまり、まだ攫《さら》われてからそう時間は経《た》っていない。

体の下には、ある程度のクッション性のあるものが敷《し》かれているようだ。そうでなければこの揺れだ、頭をがんがん打ち付けることになっていただろう。その点からしても、害することが目的ではなさそうだ。

そう考えてからハッとして、縛られたままの手で指輪を探る。指輪は奪われずに嵌《は》められたままだった。金目の物がそのままということは、身の代金目的である可能性は減るだろうか……。

なんにせよ、今すぐに命の危険があるというわけではなさそうだと、悠真は小さくため息を吐《つ》く。

――オズワルドは気付いてくれただろうか。

倒れる前、一瞬ではあったが悠真は襟の内側にある通信魔道具の魔法石に魔力を流した。あの瞬間、声は届かなくてもオズワルドの魔道具は呼び出しのベルの音を響《ひび》かせたはずだ。

その後、オズワルドが魔道具を鳴らしたかは分からない。けれど、一度呼び出してその後応答がないという状況《じょうきょう》を、あのオズワルドが放《ほう》っておくとは思えなかった。きっと、悠真の不在には気付いてくれているはずだ。悠真はオズワルドを心から信頼《しんらい》している。

同時に悠真は、自分の力量を過信してはいない。こと戦闘《せんとう》において、自分一人で太刀《たち》打ちできるといってもたかが知れているのだ。

情けない話だが、悠真の力で倒せるのはせいぜいその辺りにいる一般《いっぱん》人男性くらいで、少しでも専門的に戦闘について学んだ者には敵《かな》わないし、一般人男性でも二人いたら相当分が悪い。もともと小柄《こがら》であるし、攻撃《こうげき》魔法も使えない。せいぜい結界を駆使《くし》して攻撃を避《よ》け、隙を突《つ》いてちまちま反撃するしかないのだ。ちなみに武器は指輪の収納にしまってある、ショートソードのみである。

決して無理せずに、機を待つほかない。

悠真は小さくため息を吐いた。そうして、瞬《まばた》きを繰《く》り返したり、手のひらを握ったり開いたりしてみる。特に不調は感じない。治癒魔法を掛ければいい話なのだが、状況がはっきりしない以上、目を覚ましていることに気付かれたくなかった。

先ほど気を失ったときに使われたのは、おそらく魔法薬だろう。ただの薬が散布されていただけなら、急速に効果が出すぎているように思うし、魔法のみだったなら、無効化されていたはずだ。ちなみに魔法薬というのは、魔法で薬効を高めた薬のことである。ポーションなどが代表的なものだ。

ただ、睡眠薬《すいみんやく》にせよ毒薬にせよ、薬の場合は効いてしまう。それでも毒薬ならば自然に治癒魔法が掛かるのか、致命的《ちめいてき》なことにはならないが、一度は取り込まれてから治癒されるため、治るまでにタイムラグが発生するし、睡眠薬に関しては、薬効が出てしまうのだ。正直、自分の中で勝手に起こっていることなので、悠真にもその辺りのさじ加減ははっきりしないところがある。ただその場合も、治癒魔法を掛ければ、もちろん効果はなくなるのだけれど……。

あのとき咄嗟に自分に治癒魔法を掛ける手もあったな、と思って落ち込みそうになった。だが、すぐさま万全《ばんぜん》の体調に戻《もど》れたかは分からないし、そうしてふらついている間に武力行使に出られれば、どちらにしても連れ去られていただろうと思い直す。

実際のところ、魔法や毒ならともかく、睡眠薬を盛ってくるような相手は、魔物にはめったにいない。なので、咄嗟に治癒魔法のほうに意識がいかなかったのだ。

ただ、魔法薬と仮定すると、悠真の魔法耐性《たいせい》の高さからして、相手の予測よりよほど早く目が覚めている可能性はありそうだ。

だとしたら、相手が油断している間にできることをしたいところだが……。

ブローチに触《ふ》れて通話できないだろうかと考えて、すぐに否定する。手は縛られているし、魔法石が裏側についていることから、手を使わずに魔法石に触れるのは難しい。

一見魔道具に見えないように、という考えからこの形になったのだろうけれど、改良の余地はありそうだ。――いや、オズワルドとしては、こんな事態を見越《みこ》して作らせたわけではないのだろうが。

とは言え、今通話できたところで知らせることができるのは自身の無事くらいのものだ。もちろん、それも大切なことではあるが、犯人が誰《だれ》かも、今どこにいるかも、目的地も何も分からない以上、危険を冒《おか》してまでしなければならないことではないだろう。

この際の危険というのは、通信をしていることがバレてブローチを取り上げられたり、痛めつけられたりといった事態になることである。

通信魔道具の仕組みが分からないので、例えばこの場が結界に覆《おお》われていたりなどした場合、使用時に電波のようなものが出てバレる可能性があるのか、そもそも使えるのかも分からない。

その辺りについて訊《き》いておけばよかったのだが、後の祭りである。

そんなことを考えている間にも揺れは続いていたが、やがて様子が変わった。

まるで道を外れたかのように、急に揺れが激しくなったのだ。

残念だが、追っ手が掛かって逃《に》げているというほどの激しさはない。おそらくだが、街道《かいどう》などの整えられていた道を外れたのではないかと思う。

だとすれば、目的地が近いのかもしれない。

悠真はこくりと唾《つば》を飲む。自分を攫った相手に対面することになるのか。それとも、さらに別の場所に運ばれるのか……。

なんにせよ自分の取る行動は、助けが来るのを待つ一択《たく》ではある。それでも、緊張《きんちょう》せずにはいられなかった。

やがて、予想通り馬車が停《と》まった。動き出す様子はない。しかしそのまましばらく待っていると、大きく箱が揺れた。

「あ……っ」

悠真は思わず声を上げる。だが、すぐさま蓋《ふた》を開けられるようなことはなかった。箱の内側からの音も漏《も》れないようになっているのだろう。

そのまま箱はゆらゆらと揺れ、やがてまた動かなくなる。おそらく荷台から降ろされたのではないかと思う。

となれば、もう箱が開けられてもおかしくはない。悠真は状況を見るために一旦《いったん》寝たふりをしようと目を閉じた。

しばらくして、蓋が開けられたのだろう。瞼《まぶた》の裏に光を感じる。そして――。

「やっと取り戻せたな」

その声を聞いた途端《とたん》、悠真は驚《おどろ》きの余り目を開けてしまった。

「ああ、目が覚めたか？」

そう言って微笑《ほほえ》んだ男の顔を見て、悠真は目を瞠《みは》る。やはり、声が似ていただけではなかったのだ。

「……な、なんで」

そこにいたのは、トラヴィスだった。セイルダムの王子であり、悠真の元婚約者《こんやく》だ。

つまり、今回のことは、セイルダムによる企《たくら》みだということだろう。

トラヴィスの背後には、扉《とびら》が一つあり、そこには太い閂《かんぬき》が嵌まっていた。周囲には何が入っているか分からないような箱がいくつも積み上げられている。非常に小さな倉庫のような場所らしい。高い場所にある小さな窓から、まだ昼間のものと思われる日差しが入り込んでいて、ちらちらと埃《ほこり》が舞《ま》っている。

辺りは異様に静かで、他《ほか》に人の姿はなかった。

「もちろん、きみを攫いに来たんだ。私の大切な、たった一人の運命を」

その言葉にぞわりとするものを感じて、顔が引きつる。

「……これが誘拐《ゆうかい》だという自覚はあるみたいだな」

「言い方が悪かったようだ。私は、自分のものを取り戻しにきただけだ」

困ったような微笑み。確かに、悠真を逃《のが》してしまったことで、困窮《こんきゅう》しているのかもしれないが、当然ながら悠真に彼の心情を斟酌《しんしゃく》してやる義理はない。

だが、大人しく従順に振《ふ》る舞って、相手の神経を逆なでしないほうがいいことは分かっている。睨《にら》みつけたくなる気持ちを抑《おさ》えて、悠真はトラヴィスから視線を逸《そ》らし、瞼を伏《ふ》せる。寝《ね》たふりに失敗したのが痛い。

「そのように怯《おび》えなくとも、悪いようにはしない」

トラヴィスには悠真が怯えているようにでも見えたのか、そう言った声はどこか阿《おもね》るような柔《やわ》らかさがあった。

正直気持ちが悪かったが、逃げ出したことを責められて暴力に訴《うった》えられるよりはずっといい。

けれど、トラヴィスのこの態度には不審《ふしん》が募《つの》る。

まんまと逃げ出した悠真に対し、怒《いか》りを露《あら》わにしてもおかしくはないのに、まるで城にいたときのような態度そのままなのだ。

そう考えて、ひょっとして、と思う。

あの頃《ころ》、おそらく王命によってトラヴィスは悠真を口説き落とそうとしていた。ならば、今もまだ、その目論見《もくろみ》を諦《あきら》めていないということなのだろうか？

そんなことあるか？　とも思うが、少なくとも懐柔《かいじゅう》しようとしているのは間違《まちが》いないように思う。悠真が国に戻り、さらにある程度彼らの言葉を聞くようでなければ困るような状況になっているのか。

「……なら、せめて縄《なわ》はほどいてもらえませんか？」

弱々しく見えるように眉《まゆ》を寄せ、トラヴィスを見つめてそう言ってみる。

「夜になれば迎《むか》えが来る。窮屈《きゅうくつ》だろうがそれまでは待ってくれ」

あっさり拒否《きょひ》されたが、まぁそれはそうだろうなと思う。だが、返ってきた言葉には、内心ほっとする。夜までは、ここに留め置かれるということなのだから。

だが、少し緊張が緩《ゆる》んだことが、トラヴィスに伝わってしまったらしい。

「残念だが、助けを期待することはやめたほうがいい。ここは特殊《とくしゅ》な結界の中でな。普通《ふつう》の者には感知できないのだ。そして、声も届くことはない」

どこか得意げにそう言ったあと、トラヴィスはかわいそうなものを見るような目で悠真を見つめた。ほんの少し、にじみ出てしまっている嘲《あざけ》りに、そういうところが甘いんだよなと内心思う。もちろん、トラヴィスは役者ではなく王子なのだから、演技力を咎《とが》められるのは不本意かもしれないが。

「だが、そう嘆《なげ》くこともない。調べていて分かったが、きみはあの男の『魂《たましい》の番《つがい》』とやらではないのだろう？」

「っ……」

トラヴィスの言葉に、悠真は唇《くちびる》を震《ふる》わせる。まさか、ここでもその言葉を聞くことになるとは思っていなかった。

「本物の番が現れれば、きみは捨てられることになる。だから、そうなる前に私がもらってやろうというのだ」

大きなお世話だ、と思う。けれど、トラヴィスの言葉の前半は、悠真自身も考えていたことだった。ずっと、そうなのかもしれないと思い、そのせいで先程《さきほど》もそうなる前に元の世界に帰ったほうがいいのではないかと思ってしまったのだ。

それをこうして第三者から突《つ》きつけられて、悠真は自分が本当は、少しもそんなことを望んでいないのだと気付いた。

いつか捨てられるのだとしても、できる限りはオズワルドの傍《そば》にいたい。

こうして誘拐されても、悠真はオズワルドが助けに来てくれると当たり前のように考えていた。離《はな》れることなど、ほんの少しも意識しなかった。

もちろん、トラヴィスと結婚するなど、何があってもごめんである。

そう思ったときだった。

リン、と鈴《すず》を振るような音がして、悠真はハッとする。通信魔道具《まどうぐ》の呼び出し音だとすぐに分かった。だが、手は縛《しば》られたままなので、魔法石に触れて応答することはできない。尤《もっと》も、手を縛られていなくても目の前にトラヴィスがいる今の状況《じょうきょう》では応《こた》えられなかっただろう。

しかし……。

「っ……！」

「なんだ⁉」

唐突《とうとつ》に、大きな音を立てて壁《かべ》の一部が崩《くず》れ落ちた。

そして、ほぼ同時に黒い影《かげ》のようなものが入り込み、トラヴィスに襲《おそ》いかかる。トラヴィスがその場に崩れ落ちるのは、一瞬《いっしゅん》だった。

「オズ！」

悠真はほっとして、オズワルドの名を呼んだ。トラヴィスを倒《たお》した黒い影は、オズワルドだった。もちろん、長年共に戦いの場にいた悠真は、入ってきた瞬間からそれがオズワルドだと分かっている。オズワルドは無言のまま、悠真を見つめると、抱《だ》き起こすようにしてぎゅっと強く抱きしめてきた。

「――……よかった、無事で」

その声と、ぎゅうぎゅうと抱きしめてくる腕《うで》は、どちらもわずかだが震えている。随分《ずいぶん》と心配を掛《か》けてしまったのだろう。

「……オズ、助けに来てくれてありがとう」

悠真がそう言うと、オズワルドはようやく手を緩めてくれた。同時に悠真の腕が縛られていたことに気付いたらしく、慌《あわ》てて縄を切ってくれる。悠真はオズワルドが心配しないうちにと、さっと腕にできた擦過傷《さつかしよう》を癒《い》やした。

「何か他に酷《ひど》いことはされなかったか?」

「されてないよ。なんか懐柔しようとしてたみたいだから」

「そうか……」

オズワルドは地面に倒れたままのトラヴィスを、じろりと睨みつけたあと、大きくため息を吐《つ》いた。

「しかし、王城内にセイルダムに与《くみ》する者が入り込んでいたとは……危険な目に遭《あ》わせて悪かった」

しょんぼりと耳を伏せるオズワルドに、悠真は慌てて頭《かぶり》を振る。

「オズのせいじゃないだろ? 元の世界に戻《もど》る方法が見つかったとか言われて、のこのこついていった俺が悪かったんだよ」

「元の世界に……」

オズワルドが呆然《ぼうぜん》としたように呟《つぶや》く。呆《あき》れられたのだろうと、悠真は忸怩《じくじ》たる思いで俯《うつむ》いた。

「……うん。フランツ様が見つけて、その件で呼んでるって言われて……迷惑《めいわく》掛けて本当にごめん」

悠真がそう謝罪すると、オズワルドは再びため息を吐いた。

「叔父上《おじうえ》が……ということは、嘘《うそ》だったんだな？」

「うん。すぐに気付けばよかったんだけど……」

情けなくて顔を上げられない悠真を、オズワルドはもう一度抱きしめて、そっと背中を撫《な》でてくれる。呆れられたかもしれないが、怒《おこ》ってはいないらしい。

「謝らなくていい。いや、謝らないでくれ。ユウマは何も悪くない。だが……嘘だったことは、残念だったな」

オズワルドがそう言ったときだった。

「殿下《でんか》！　全員捕《と》らえました」

外から声がかかり、悠真は慌ててオズワルドから離れる。

壁が崩れたのと同時に、外の音も入ってくるようになっていたようだ。剣戟《けんげき》の音などはしなかったから、おそらく制圧後にここに気付いたのだろう。

そう言えばトラヴィスが、ここは感知できないと言っていなかっただろうか？

悠真がそう考えている間に、オズワルドは壁の向こうにいる騎士《きし》に指示を出し、トラヴィスに手枷《てかせ》を着けた上で運び出させていた。

オズワルドとの再会で胸がいっぱいになっていて気付かなかったが、外にはそれなりの人数が集まっているようだ。

「さてと、俺たちも帰ろう」

「うん。……でもオズは、よくここが分かったね。結界があったみたいなのに」

手を借りて木箱から出ながら、悠真は疑問を口にする。

「ああ、それはユウマが通信魔道具を持っていてくれたおかげだな」

「これ？」

悠真は自分の襟元《えりもと》に視線を落とし、首を傾《かし》げた。

「ごくかすかにだが、通信時に俺の魔力を帯びるんだ。他の者は気付かないだろうが、俺にとっては自分自身の魔力だからな。近くにいれば分かる」

なるほど、と悠真は頷《うなず》きつつ、壊《こわ》された壁ではなく、閂《かんぬき》を外されて開かれていた扉《とびら》から外へ出る。そうしてから、ここが倉庫の中に壁を張って隔離《かくり》した一角であったことを知った。

倉庫の中には騎士たちと、手枷を着けられた数人の男たちの姿があったが、その中に見知った顔があるか確認《かくにん》する間もなく倉庫の外へと連れ出されてしまい、そのまま王城――離宮へと戻ることになった。

「…………」

その夜、悠真は一枚の扉を見つめ、逡巡《しゅんじゅん》していた。

悠真は離宮に戻ると、珍《めずら》しく感情を露《あら》わに泣き出したローディを宥《なだ》めたあと用意されていた風呂《ふろ》に入り、食事をするとそのまま寝《ね》てしまったようだ。気付くとベッドにいて、外はすっかり夜の帳《とばり》が降りていた。悠真としては、眠《ねむ》らされていた時間もあったし、たいしたことをされたわけでもないと思っていたけれど、気付かないうちに疲弊《ひへい》していたらしい。

心配してくれていた国王や王妃《おうひ》をはじめとした王族たちへの説明は、一旦《いったん》オズワルドが引き受けてくれて、悠真からの報告は日を改めることになったようだ。

悠真が気にすると思ったのか、オズワルドがベッドの脇《わき》に置かれたサイドテーブルにメモを残しておいてくれたのである。

そしてそこには、目が覚めて何か不安なことがあれば何時でも構わないから部屋を訪ねて欲しい、とも書いてくれていた。

だから、悠真はこうしてオズワルドの部屋に続くドアの前で、長く逡巡していたのである。

『不安なこと』かは分からない。

けれど、悠真にはオズワルドが昼間口にした『残念だったな』という言葉が気になって仕方がなかったのだ。

あのときの声は悠真を慰《なぐさ》めるようにやさしくて、けれどほんの少し悲しそうでもあった。

もちろん、悠真にはその理由が分かっている。オズワルドは、悠真が元の世界に戻ることをまだ望んでいるのだと思って傷ついたのだろう。

もし、悠真がもうほんの少しも元の世界に未練がなければ、迷わずにこのドアをノックしただろう。けれど……。

――一度だけ。

そう、一度だけノックしてみよう。

もう随分と夜は更《ふ》けている。悠真の捜索《そうさく》で、オズワルド自身も随分疲《つか》れているはずだ。もう、眠っている可能性も高い。

廊下《ろうか》側のドアならば、一度叩《たた》いただけでもレイノールが出てきて取り次いでくれる。けれど、この自分の寝室《しんしつ》と、オズワルドの寝室を繋《つな》ぐドアなら、そこにいるのはオズワルドだけのはずであり、眠っているならば気付かれないだろう。

悠真は一度深呼吸すると、一度だけ、ドアを中指の背で叩いた。こん、と乾《かわ》いた小さな音が鳴る。

次の瞬間、ドアが勢いよく開いて、悠真は驚《おどろ》きに目を瞠《みは》った。

「えっ」

「ユウマ、目が覚めたのか？」

当然ではあるのだが、そこにはオズワルドが立っている。寝る支度《したく》は済んでいたらしく、寛《くつろ》いだ格好だが、特に寝起きという様子はない。

「あ、あの、オ、オズも、起きてた？」

「ああ、起きていた。よかったら入ってくれ」

目を白黒させつつ頷いてから、悠真は自分が裸足《はだし》であることに気がついた。

「ちょっと待って、室内履《ば》きを――」

「大丈夫《だいじょうぶ》だ」

オズワルドはそう言うと、さっと悠真を抱《だ》き上げてしまう。そして、そのままソファへと運んでくれた。

「酒……はまずいか」

どうやらオズワルドは一人で酒を飲んでいたらしい。グラスを用意しようとしてから、悠真の酒癖《さけぐせ》の悪さを思い出したようだ。

「飲み物はいいよ。ありがとう。少し、話したかっただけだから」

「そうか？」

頷いてみせると、オズワルドは少し迷った様子だったが、悠真の隣《となり》に座る。

「気分はどうだ？　ユウマのことだから、体調は問題ないだろうが……」

「うん。大丈夫。オズのほうが疲れただろ？　――分かってたのに、ごめん。こんな時間に……」

「気にしなくていい。ユウマに頼《たよ》られるのは、いつだって嬉《うれ》しい」

いつも通りのやさしい言葉。

それを聞いた途端《とたん》、悠真の目からは涙《なみだ》がこぼれ落ちていた。

「ユ、ユウマ？　どうした？　やっぱりあいつに何かされたのか？」

オズワルドの言葉に、悠真は頭《かぶり》を振《ふ》る。

すると、オズワルドはそんな悠真をそっと抱きしめてくれた。

「やっぱり、元の世界に帰りたいんだな」

どこか困ったようにそう言ったオズワルドに、胸の奥がギリギリと締《し》めつけられるように痛んだ。

自己嫌悪《けんお》で、どうにかなってしまいそうだった。オズワルドにこんな声で、そんな言葉を言わせてしまう自分が情けなくて、申し訳なくて……。

「オズ、ごめんオズ……そうじゃない。そうじゃなくて……」

悠真は、オズワルドの胸をそっと押して顔を上げた。

「……元の世界に未練がないなんて、やっぱり言えないんだ。でも、俺はもうできるだけオズと一緒《いっしょ》にいたい」

帰る方法が見つかったと言われたとき、足が止まったのは、オズワルドの傍《そば》にいたかったからだ。

「オズと一緒にいられなくなると思ったら、帰りたいのか分かんなくなった。家族のことを忘れたわけじゃないんだ。けど、それ以上に俺は、オズの隣にいたくて――」

「ユウマ……！」

オズワルドの腕《うで》が、堪《こら》えきれないというように悠真を強く抱きしめる。

「だったら、傍にいてくれ、ずっと……元の世界を、家族を恋《こい》しがって泣いても、それでも放してやれないのは俺のほうだから」

その言葉に、悠真はすぐには頷けなかった。

「……でも、魂《たましい》の番《つがい》が……」

オズワルドの傍にいたいと思いながらも、それでも帰るべきかもしれないと思ってしまったのは、いつかオズワルドの下《もと》に魂の番が現れたら、一緒にいられなくなるのではないかと思ったからだ。

オズワルドと共にいられないのならば、悠真はこちらの世界に未練はない。友人たちのことは好きだけれど、家族には代えられない。

他の誰《だれ》でもなく、オズワルドだけが、悠真の中の天秤《てんびん》を傾《かたむ》ける。

なのに、オズワルドがその天秤に乗るのをやめてしまったら、悠真はきっと、もう立ち直れないだろう。

「魂の番？」

どうしてそんな話になったのか分からないというような、不思議そうな声を出したオズワルドに悠真はこくりと頷く。それからもう一度、ぐいぐいとオズワルドを押して顔を見上げる。

「……魂の番が現れたら、オズはその子のことを好きになって、俺は一緒にいられなくなるんじゃないの？」

ずっと、訊《き》きたくて訊けなかったことだった。

それは、怖《こわ》かったから、そして、ずるいと思っていたからだ。

悠真が訊けば、オズワルドはきっと否定するだろう。──してくれるだろう。

いつか、そのときの言葉が、オズワルドを縛《しば》るかもしれない。それを分かっていて訊くのは、卑怯《ひきょう》なのではないかと思っていた。

でも、もうどうしても我慢《がまん》できなかったのだ。ずるくても、卑怯でも、魂の番が現れても悠真を取ると言わせたかった。

その代わり……。

「俺はもう、元の世界に帰りたいなんて言わない。もし方法があっても、それでもずっとオズの傍にいる。だから……」

オズワルドもそうして欲しい。

悠真の言葉に、オズワルドはずっと驚いているようだった。それから、今度は珍《めずら》しく手のひらで顔を覆《おお》って苦悩《くのう》し始める。

「……ここで黙《だま》っているのは、さすがに……」

やはり、だめなのだろうか？　オズワルドなら否定してくれると思っていたけど、どうやらそれは悠真の驕《おご》りだったようだ。それすらも難しいほど魂の番は大切なのだろう。

「……やっぱり無理だよね。変なこと言って――」

「違《ちが》う！」

「わっ」

突然《とつぜん》、大きな声で否定されて、悠真はぱちぱちと瞬《しばたた》く。目尻《めじり》に溜《た》まっていた涙が、ぽろりと頬《ほお》を滑《すべ》り落ちた。

「ああ、すまない。ユウマ、違うんだ。その、ずっと言えなかったが……ユウマが、俺の魂の番なんだ。ユウマ以外に、俺の番はいない」

その言葉に、悠真はゆっくりと瞬きをして、それから苦笑《くしょう》する。まさかそんなふうに慰《なぐさ》めてくれるとは、思っていなかった。

「ありがとう。本当に、そうならよかったのに……」

悠真がそう言うと、オズワルドが焦《あせ》ったように口を開く。

「いや、本当なんだ。ユウマには言ったことがなかったが、ユウマが俺の魂の番だということは、家族も皆《みな》知っている」

肩《かた》を摑《つか》まれ、真剣《しんけん》な目でそう言われて、悠真の思考は一度停止した。

ユウマが俺の、つまり自分がオズワルドの魂の番？

「どういうこと……？」

それは問いというより、混乱のあまり零《こぼ》れ出た呟《つぶや》きだ。

けれど、オズワルドは話すしかないと覚悟《かくご》を決めたように口を開き、今まで秘匿《ひとく》していた理由を話してくれた。

オズワルドは、以前悠真がトラヴィスに運命の相手だと口説かれたことに対し嫌悪を示したことから、自分も悠真を一目見て魂の番だと思ったのだと言ったら嫌《いや》がられるだろうと考えたらしい。

「そんなこと、言ったっけ……？」

「魔王討伐《まおうとうばつ》の祝勝式典で言っていた」

そうはっきりと言い切られると、言ったような気もする。

トラヴィスにそう言われたことを気持ち悪いと思っていたことは確かなので、何かの弾《はず》みで言っていてもおかしくはない。

実際、出会ってすぐに魂の番だと言われていたら相手がオズワルドであっても敬遠したかもしれないとも思う。今でこそオズワルドのことが好きだけれど、悠真はずっと自分は異性愛者だと思っていたのだ。もちろん、その頃《ころ》のオズワルドは、悠真が元の世界に帰ることを望んでいるのだからと口を噤《つぐ》んでくれていたわけだが……。

何はともあれ、これはつまり――自業自得《じごうじとく》ということでは？

「うぅ……」

こんなことならば、もっと早く訊いておけばよかった。がっくりと項垂《うなだ》れて唸《うな》り声を漏《も》らした悠真の頭を、オズワルドが宥《なだ》めるように撫《な》でてくれる。

「ユウマ、これでユウマはずっと俺の傍にいてくれるということでいいんだな？」

パタパタと嬉《うれ》しそうに揺《ゆ》れる尻尾《しっぽ》が視界に入る。

恥《は》ずかしいやら情けないやらでいっぱいになっていた悠真だが、その言葉にははっきりと頷《うなず》いた。

「わっ」

途端《とたん》に膝《ひざ》の上に抱《だ》き上げられて、背後からぎゅうぎゅう抱きしめられる。

嬉しくて仕方がないというように肩口に頭を擦《す》り付けられて、悠真はつい笑ってしまった。手を伸《の》ばし、わしわしと頭や首を撫でる。

するとまるでお返しというように首筋を甘噛《あまが》みされて、悠真は小さく肩を揺らした。

「……ここに、番の印を付けることができただけで、十分だと思おうとしていた。けれど、本当はずっとユウマにも俺を番だと思って欲しかった」

「オズ……うん。ずっと待っててくれて、ありがとう」

ずっと待たせてごめん、という謝罪は、心の中で呟く。オズワルドもきっとまた、謝らないで欲しいと言ってくれるから。

「ん……」

まるでもう一度印を付けようとするみたいに、項《うなじ》に牙《きば》をそっと押し当てられて、背筋がぞくりと痺《しび》れた。

「ユウマ……いいか？」

許しを請《こ》うような声に、カッと頰が熱を持つのが分かる。内心恥ずかしさで爆発《ばくはつ》しそうだったけれど、悠真はオズワルドに伝わるように、はっきりと頷いた。

途端に顔を上げさせられて、斜《なな》め上から覆い被《かぶ》さるように唇《くちびる》を塞《ふさ》がれる。

「ふ、ぁ……ん、んっ」

大きな舌が口内に入り込んでくる。少し苦しくて、けれど悠真は自分もオズワルドが欲しいのだと分かってもらいたい一心で、必死に舌を擦り付け、絡《から》ませようとする。

「んぁっ……」

いつの間にかシャツの裾《すそ》から潜《もぐ》り込んでいた手が、悠真の胸を撫でた。ゆっくりと撫で回し、それによってわずかに固くなった乳首《ちくび》を指でそっと押し潰《つぶ》す。昨日散々弄《いじ》られた乳首はそれだけでもう、そこで与《あた》えられる快感を思い出してしまったかのようだった。

「ふぅ、ん、んっ、んぅっ」

口内と胸を同時に攻《せ》められて、じわじわと快感が広がっていく。酸欠なのか、少し頭がくらくらする。苦しいのか、気持ちいいのか分からなくなってくるのが少しだけ怖くて、でも酷《ひど》く興奮している自分がいた。

初めてのときは自分の気持ちを、二回目はオズワルドの気持ちを置き去りにした行為《こうい》だったように思う。だから、こうしてお互《たが》いがお互いを欲しいと思っているのだという事実だけで、心だけでなく体まで昂《たか》ぶっていくようで……。

ようやく唇が解放され、オズワルドがくったりと力の抜《ぬ》けた悠真のシャツを奪《うば》い、足から下着ごとズボンを脱《ぬ》がしたときには、そこはもう芯《しん》を持ち、頭をもたげていた。

「ああ、もうこんなに感じてくれたのか」

「オズ、だって……」

嬉しい、と言うように頬ずりされて、恥ずかしさとくすぐったさに身悶《みもだ》えそうになる。

膝の上に乗せられているのだから、オズワルドのものもすでに固くなりつつあるのはお見通しなのである。

「お、おい、待て」

悠真がうしろ手に足の間を探《さぐ》ろうとすると、オズワルドが少し焦ったような声を上げて悠真の手を摑む。

「あまり煽《あお》るな。すぐにでも入れたいのを我慢しているんだ」

困ったような、けれどどこか熱のこもった声で言われて、恥ずかしさと嬉しさで胸の奥がきゅっとする。

「……昨日、したばっかりだから、すぐ入れられたりしない？」

「っ……煽るなと言っているだろう……！」

「あっ」

押さえ込むように腹に回した腕《うで》でぎゅっと抱き寄せられ、窘《たしな》めるように、かぷりと項を噛まれた。驚《おどろ》いて、思わず動きを止めてしまう。

「んぅ……っ」

悠真の下腹部に、オズワルドが手を伸ばし、すっかり立ち上がっていたものに触《ふ》れた。

直接的な刺激《しげき》に、悠真の腰《こし》が逃《に》げるように揺れた。けれどウエストに回った腕と、背後のオズワルドによって、逃げることはかなわない。

「あ、ふ、あぁ……っ」

「あ、そ、な……あ、んっ」

先端部分を弄られ、とろりと零れたものをぬり広げるようにゆっくりと扱《しご》かれる。思わず上体を倒《たお》すと、ウエストに回っていた腕が外れ、胸元《むなもと》へと伸ばされる。

「あぁ……っ」

先ほど弄られた赤く尖《とが》った乳首を摘《つ》まれて、悠真は濡《ぬ》れた声を零す。ふにふにと捏《こ》ねるように弄りながら、もう一方の手も止めることなく悠真の欲望を刺激してくる。二ヵ所を同時に攻められて、悠真は快感を堪《こら》えるようにぎゅっと膝を寄せる。

「も、だめ……っ、あっ、オズ、も、あ、あ……っ」

「だめじゃないだろう？」

「そ、いう意味じゃ、あっ、なくて……っ」

オズワルドの手が動くたびに、ガクガクと腰が震《ふる》える。

「も、イッちゃう、から……ぁっ！」

そう口にしたときにはもう遅《おそ》く、悠真はオズワルドの手の中に精を吐《は》き出していた。

「は、はぁ……っ」

まだほんの少し触れられただけなのにと思うと恥ずかしかったけれど、荒《あら》い息を零《こぼ》すことしかできない。

オズワルドは自らもシャツを脱ぐと、悠真の左足の膝裏を、背後から掬《すく》い上げるようにして持ち上げた。

上半身をオズワルドに預けるようにして、片足だけを高く持ち上げられた悠真の足の奥へとオズワルドが手を伸ばす。

「ふ、あ……っ」

悠真の出したもので濡れた指が、ぬるりと蕾《つぼみ》を撫でた。上下に何度も擦られると、そのうちわずかに解けたそこに指が引っかかる。

「あ、あ……」

ゆっくりと指を差し入れられて、宙に浮《う》いたつま先が揺れた。

「確かに、少し柔《やわ》らかくはある、か？」

「ん、あ、あ……」

くぷくぷと指先を出し入れされて、もどかしいような気持ちになる。

悠真の体はもう、もっと大きなものでいっぱいにされる快感を知っているのだ。

「あっ……んっ」

そのまま奥まで突《つ》き入れられて、指などでは到底《とうてい》足りないというように、ぎゅうぎゅうと中を締《し》めつける。それでも、指を動かされるたびに体が震えた。

「あ……っ……あ、んっ」

ぐるりと中をかき回す指に、気持ちのいい場所を何度も擦られる。指を増やされて、中でバラバラに動かされると、快感から逃《のが》れるように、背後のオズワルドに体を押しつけていた。

やがてずるりと指が抜かれる。そうして、オズワルドは一度悠真の足を下ろした。汗ばんだ肌《はだ》に熱いものが触れる。

「ユウマ……」

「ん、オ、オズの、入れて……」

もう、我慢《がまん》などできずにそう口にすると、オズワルドの腕が悠真の両の膝裏を持ち、背後から悠真を持ち上げると、散々広げられた場所に、熱を押し当てた。

「あ……あぁっ」

ゆっくりとオズワルドのものが入り込んでくる。

いつもの香油《こうゆ》がないせいか、少しだけ滑《すべ》りが悪い。でも、その分オズワルドの存在をより感じられるような気がした。苦しくて、けれど、それだけではない。

「あ、あ、あ……んっ」

「……ユウマ」

「んっ……」

耳元で名前を呼ぶ声は低く掠《かす》れ、溶《と》けそうなほどの情欲が滲《にじ》んでいる。このあとの行為の激しさを予感して、体が震えた。同時に中に入っているオズワルドのものをきゅうっと締めつけてしまう。

それに一度息を詰《つ》めて、オズワルドは下から突き上げるように腰を動かした。

「ひ、あぁっ…あ、んっ……あ、ふか……っ」

「奥も、好きだろう?」

「あぁっ、あっ!」

持ち上げている腕の力が抜かれ、自重で腰が落ちるのと同時に、下から突き上げられる。すごく、奥のほうまで開かれている気がした。けれど、オズワルドの言う通り、それはとてつもない快感で……。

「も、や……っ、あ、あっ、あぁっ」

揺《ゆ》さぶられて、かき混ぜられて、何もかもぐちゃぐちゃにされる。

「ユウマ……！」

「あっ、んっ、あ、やぁっ」

激しく攻められて、高い声が喉《のど》を震わせる。

体を揺さぶられ、びくびくと中を締めつけた。狭《せま》くなった場所を抉《えぐ》るように抜き差しされて、たまらずにつま先をピンと伸《の》ばす。

今までの二度とは比べものにならないほど、気持ちがいいと感じた。体が慣れたというだけでなく、きっとお互《たが》いがお互いを求めているのだと知っているから……。

「……中に出すぞ」

「あ、だ、出して……っ」

意味のない行為《こうい》だと分かっている。

でも、自分の中をオズワルドでいっぱいにされたかった。

「中に、出して……っ、いっぱいに、して……っ」

まるで誘《さそ》い込むように、中がオズワルドのものを締めつける。耳元で、オズワルドが息を呑《の》んだのが分かる。

「あっ、あっ……あ……あぁっ！」

一際《ひときわ》奥へと突き入れられて、オズワルドが動きを止める。中に注がれているのだとすぐに分かった。

項《うなじ》にオズワルドの牙《きば》が触れ、少し痛いくらいに甘噛《あまが》みされる。それがどうしてか酷《ひど》く気持ちがよくて、悠真は二度目の絶頂を迎《むか》えてしまう。

しばらく、室内には互いの荒い呼吸音だけが響《ひび》いていた。

けれど……。

「んっ……」

やがて、ゆっくりと体を抱《だ》き上げられて、中からオズワルドのものが抜《ぬ》け出ていく。どろりと中から零れ落ちてくるものの感触《かんしょく》に息を詰める。

「や、オズの、零れ、ちゃう……」

せっかく中に出してくれたのに、と荒い息の合間に口にしたのがいけなかったのだろうか。

その後もう一度、ソファで抱かれたあと、ベッドに場所を移しもう一度……。結局空が白む頃《ころ》まで、悠真はオズワルドの腕《うで》に抱かれることになったのだった。

◇

ひらひらと、落ち葉が風に乗り、踊《おど》るように舞《ま》い落ちていた。

午後の庭は秋の日差しを浴びて、どこまでも美しい。

食後のお茶を飲みつつ、悠真は庭を眺《なが》めていた。紅葉を映す池には、どこから来たのか鴨《かも》に似た水鳥がいてかわいらしい。

今日は秋晴れの穏《おだ》やかな天気だったので、昼食を中庭のガゼボで摂《と》っていたのだ。だが、そろそろ秋も終わりに近付いているのだろう。時折吹《ふ》く風は随分《ずいぶん》と冷たくなっていて、こうしてガゼボで食事ができるのも、今年はそろそろ終わりかもしれない。

悠真の誘拐《ゆうかい》事件から、すでに半月が経過していた。

「思った通り、セイルダムは大変なことになっているようだな」

レイノールが持ってきた書簡に目を通していたオズワルドが、珍《めずら》しく嘲笑《ちょうしょう》するような声でそう言うのを聞いて、悠真はオズワルドに視線を向ける。どうやら、書簡の内容はセイルダムについてのものだったようだ。

「そんなに批判されてるの？」

「条約に違反《いはん》したのだから、当然だがな」

言いながら、オズワルドもティーカップに手を伸ばした。

――魔王《まおう》出現の予言から、魔王を斃《たお》したのちの一年の間、国境域を越《こ》える争いは禁止とする。

今回の、セイルダム王国による、ライセール王国王太子妃《ひ》誘拐事件は、この条約に違反しているとされたのである。

悠真は結婚式《けっこんしき》こそまだだが、すでにオズワルドの番《つがい》となっているので、身分としては王太子妃となっている。ライセールにおいては、番の儀式《ぎしき》のほうが結婚式よりも重い意味を持つためだ。

トラヴィスが捕《つか》まっていなければ、民間人によるテロだとすることもできたのかもしれないけれど、王家の人間が関《かか》わっていて、誘拐されたのも王太子妃なのだから国家間の争いとされるのは当然なのだろう。

条約ゆえに、今すぐ制裁をという話にはそれでもならないらしいのだが、各国からの抗議《こうぎ》は声明の形で出され、世界的に批判に晒《さら》されているようだ。

それには、誘拐に関することだけでなく、禁術とされている召喚《しょうかん》魔法で悠真を召喚したこと、自国の人間でない悠真を『トラヴィスの婚約者だから準王族である』として魔王討伐《とうばつ》の旅に出した挙げ句、元の世界に戻《もど》れると信じていた悠真を騙《だま》していたことも含《ふく》まれている。

「もとはといえば、ユウマに関する批判を躱《かわ》すために、今回のことを計画したらしいな。ユウマをセイルダムに連れていって、当初の予定通りトラヴィスの妃《きさき》にし、和解したように見せることで信頼《しんらい》の回復を図《はか》ろうとしたらしいが……理解に苦しむな」

「本当にね」

あまりにばかげた話だと、呆《あき》れるほかない。セイルダムの悪評は自業自得《じごうじとく》だし、こちらを巻き込まないで欲しいと思う。

ちなみにトラヴィスの身柄《みがら》は、すでにセイルダムに戻されている。もちろん、莫大《ばくだい》な賠償金《ばいしょうきん》と引き換《か》えに。セイルダム側は、今回の件はトラヴィスの独断によるもので国は関係ないとして、身柄の返還《へんかん》も求めないとしていたけれど、拘束《こうそく》された段階では王族籍《せき》にあったのだから、そんな言い訳は通用しない。

こちらで処分するのも逆に面倒《めんどう》だったし、悠真も処刑《しょけい》を望まなかったので送り返されたのだ。

「もちろん、召喚魔法を使用したことやユウマを騙していた件についても、厳重に抗議したから安心してくれ。セイルダムが本当の意味で制裁を受けるのはまだ先になるが……国が持つかは微妙《びみょう》なところだろうな」

オズワルドはそう言って笑ったが、目が全く笑っていない。もちろん、悠真だってセイルダムのしたことに関しては許せないのだけれど、こうして近くにいるオズワルドが怒《おこ》ってくれるおかげで、随分と気持ちが楽になっていた。

トラヴィスに関しても、処刑でいいのではと最後まで言っていたのは、オズワルドだったのだが、悠真が望まないならと渋々矛《しぶしぶほこ》を収めてくれたのである。

悠真は自分のせいで人が殺されるとなれば、相手がトラヴィスであっても心理的にかなりの負担であるし、なにより今が幸せなので二度と顔を見ないで済むならそれでいい。もちろん召喚魔法に関しては、完全に破棄《はき》してもらいたいと思っているので、その件に関してはとことん追及《ついきゅう》して欲しいけれど。

「条約の期限が切れるのは、俺たちの結婚式の少しあとになるな。俺がユウマをどれだけ大切に思っているか伝わるような、盛大《せいだい》な式にしよう」

「お、おお……まぁ、ほどほどにね」

オズワルドと結婚すること自体は嬉《うれ》しいけれど、式に関しては少し恥《は》ずかしいというのが本音である。

カイルやマリエル、ララなど友人も呼ぶことになっているし、揶揄《からか》われそうな気が今からしていた。もちろん、会えること自体はとても嬉しいし、楽しみなのだけれど。

「それと、ユウマが俺の魂《たましい》の番であることも公表したい」

思わぬ言葉に、悠真は軽く目を瞠《みは》った。

オズワルドは、本当はずっと、悠真が魂の番なのだと言って回りたかったのだという。

「もちろん、ユウマが嫌《いや》なら控《ひか》えるが……」

しょんぼりと耳を伏《ふ》せるオズワルドに、悠真は苦笑《くしょう》する。

「いやじゃないよ」

どうも悠真がこの表情に弱いと見抜かれているように思うけれど、それでも弱いものは仕方がない。それに今回の件は、本当に嫌ではなかった。

「オズがしたいなら、いくらでも公表してくれていいし……いやむしろ、公表してもらったほうがいいのかも」

「本当か？」

じっと見つめられて、悠真はこくりと頷《うなず》く。

悠真は、自分を魂の番ではないと思って、心配していた人たちの声を聞いている。あれは全く悪気のないものだった。この国では当然出てくる懸念《けねん》なのだ。

正直今更《いまさら》感はあるが、そのように憂慮《ゆうりょ》している者たちがいるのなら、なんで今になってと思われても、きちんと公表したほうがいいだろう。

それに……。

「言ってなかったっけ？　確かに俺は、トラヴィスに運命の相手だって言われたのはいやだったけど、相手がオズならいいよ。正直に言うと……もし、オズが、初めて会ったときに俺を魂の番だって言っていたら、いやだと思ったかもしれない。トラヴィスと同じだと感じたかもしれない」

それはもう、分からない。

最初から、オズワルドは悠真にやさしかったから。

出会ってから、ずっと今まで、オズワルドはやさしい。けれど、それは全部魂の番だと思っているからなのだ、と思って落ち込むほど、オズワルドと過ごした時間は薄《うす》いものではなかった。


「けど、オズはずっと言わなかっただろ。俺が元の世界に帰りたいと思ってるって知って、応《おう》援《えん》してくれた。俺が嫌がると思って、魂の番だってこともずっと黙《だま》っててくれた」

いつだって、オズワルドは悠真の気持ちを一番に考えてくれる。

「魂の番って言われるのも、いやじゃない。……嬉しい」

むしろ、それが自分でよかったと、今は思っている。自分以外の者が、オズワルドの魂の番でなくてよかったと、心の底から安堵《あんど》していた。

「ユウマ……！」

感極《かんきわ》まったように名前を呼んだオズワルドに、ぎゅうぎゅうと抱《だ》きしめられながら、悠真は笑う。

――ユウマが、ここを居場所にしたいと思ってくれるのが、嬉しいんだ。

いつか、オズワルドが言ってくれた言葉を思う。

突然《とつぜん》異世界に召喚されて、元の世界に帰れなくなって……。それでも悠真には、ここにいて欲しいと心から望んでくれる人がいた。

仲間になってくれた人も、自分の無事を泣いて喜んでくれる人もいる。

この世界にはもう、悠真の居場所がある。

そしてこの、オズワルドの腕《うで》の中は、間違《まちが》いなく自分の愛する居場所なのだと、そう思えることがたまらなく嬉しかった……。

あとがき

はじめまして、こんにちは。天野《あまの》かづきです。この本をお手にとってくださって、ありがとうございます。

最近はいい天気が続いていて、ときどき外に出たい気持ちになるのですが、ゴミ捨てに行くだけで「あっ、さむ……無理……」となっているわたしです。そして、そんな状況《じょうきょう》でありながら不思議と風邪《かぜ》をひいています。部屋の中はぽかぽかなのに、温度だけでは乗《の》り越《こ》えられない何かがあるようです。もう少し暖かくなったら、日光を浴びに出たいとは考えています。そのほうが風邪などを引かずにすみそうですしね……。皆様《みなさま》もお体には気をつけて、お過ごしください。

久《ひさ》し振《ぶ》りにあとがきのページ数が多いので、近況《きんきょう》についてお話ししようかなと思ったのですが、驚《おどろ》くほど報告すべきことがない……。使っていたアプリのサービス終了《しゅうりょう》が決まって膝《ひざ》から崩《くず》れ落ちたことくらいしかない……。

所謂《いわゆる》作業通話アプリなのですが、特に誰《だれ》と通話するでもなく、タイマーと進捗《しんちょく》のメモをするため、孤独《こどく》に使っていたのですけど、また別のものを探さないとなぁ……となっております。もちろん、タイマーのアプリならきっと探せばあるのでしょうが、通話を……作業しながら通話をするという夢を諦《あきら》めたくない……。いつかそんなことができる日が来るかもしれない。そんな希望を胸に抱《いだ》きつつ、いい感じの作業通話アプリを探していきたい所存です。

そんな孤独なわたしが最近はまっているものといえば、いい香《かお》りのハンドクリームとか、アロマオイルなどでしょうか。冬場はハンドクリームが欠かせないので、仕事部屋ではハンドクリームの香りを楽しみ、寝室《しんしつ》ではアロマオイルの香りを楽しんでいます。

ハンドクリームはお気に入りの香りが限定商品で終売になってしまったので、去年くらいから別のものを探していろいろ試していたのですが、ようやく好きなものが見つかったので三本まとめ買いして使っています。

アロマオイルは効果とかあまり考えずに好きな香りを混ぜているので、きちんと勉強している人から見たらなんでそれとそれを混ぜた⁉　って思われてしまうかもなのですが、ラベンダーとスイートオレンジ、ローズウッド、ローズゼラニウムを混ぜたのが今のお気に入りです。原液のまま使えて、部屋にパッと一瞬《いっしゅん》で香りが広がるタイプのディフューザーを使っているので、意味が分からないほどごちゃごちゃした部屋に住むわたしでも安心安全。寝《ね》る直前にスイッチを入れて三十分タイマーを掛《か》けておくだけでなんだか幸せになれるので、香りものに抵抗《ていこう》のない人は是非《ぜひ》試してみてください。もちろん、わたしのおすすめだけではなくて、ご自身の好きな香りを見つけるのが一番だと思います。

などと深夜のテレビ通販《つうはん》のようなことを言っている間に、なんとかページが埋《う》まってきました……。そろそろ今回のお話について、語らせていただこうと思います。

今回のお話は、聖女として召喚《しょうかん》されて、元の世界に戻《もど》るために頑張《がんば》って魔王《まおう》を討伐《とうばつ》したのに、実は帰れないと知った受が、召喚されてきた国を見限って出奔《しゅっぽん》。その際、攻《せめ》は自分を国から連れ出すために求婚《きゅうこん》してくれたのだと思っていたのに、実は本気の求婚だったと知って狼狽《うろた》えつつ、攻の助力を得て幸せになるまでの物語……となっております。

ファンタジー的な世界観をいつもより少しだけ多めに入れてみたつもりですので、その辺りが上手く伝わるといいな、楽しんでいただけるといいな、と思ったりしています。

そして、今回もタイトルが長いです。もう長いタイトルを考えるのが楽しくなってきた気さえします。デザイナー様には大変申し訳ないですが……。

ただ、長いタイトルの問題は、表紙の素晴らしいイラストが隠《かく》れがちということなんですよね……。今回は、陸裕千景子《りくゆうちかこ》先生が描《か》いてくださっているのですが、本当に素晴らしく可愛《かわい》らしい表紙で、帯のデザインを決めるときもイラストが映えるほうで……！　ということで決めさせていただきました。本当にファンタジーというか、メルヘンというか、見た瞬間《しゅんかん》、可愛い‼　と叫《さけ》んでしまったわたしです。モノクロイラストもとても美麗《びれい》で、嬉《うれ》しかったです。本当にありがとうございました。

また、陸裕先生には、これまでも数々の獣人《じゅうじん》攻を描いていただいているのですが、もし今回の作品を読んで、獣人攻もいいものだな……と思っていただけましたら、これまでの『獣王のツガイ』『野獣のツガイ』『αの花嫁』『狼将軍のツガイ』辺りも是非、一緒《いっしょ》によろしくお願いします（宣伝）。

担当の相澤《あいざわ》さんには、今回も大変お世話になりました。いつもいろいろと心配りいただいて感謝しております。ありがとうございます。わたしが言うのもなんですが、お体にはくれぐれもお気をつけてお過ごしください。

さて、ついにここまでたどり着きました。最後になりましたが、この本を手に取ってくださった皆様、本当にありがとうございました。今回のお話はいかがだったでしょうか。少しでも楽しいと思っていただける点があるといいのですが……。

それでは、皆様のご健康とご多幸をお祈《いの》りしております。またいつかどこかでお会いできれば幸いです。

二〇二四年　二月

天野かづき

召《しょう》喚《かん》されて帰《かえ》れなくなったけど獣《じゅう》人《じん》に溺愛《できあい》されて幸《しあわ》せになった話《はなし》

KADOKAWA RUBY BUNKO

天野《あまの》かづき

角川ルビー文庫　24157

2024年5月1日　初版発行

発 行 者――山下直久
発　　行――株式会社KADOKAWA
〒102-8177　東京都千代田区富士見2-13-3
電話 0570-002-301（ナビダイヤル）
編集企画――エメラルド編集部
印 刷 所――株式会社暁印刷
製 本 所――本間製本株式会社
装 幀 者――鈴木洋介

●お問い合わせ
https://www.kadokawa.co.jp/（「お問い合わせ」へお進みください）
※内容によっては、お答えできない場合があります。
※サポートは日本国内のみとさせていただきます。
※Japanese text only

ISBN978-4-04-114840-2　C0193　定価はカバーに表示してあります。

◇◇◇

OKAWA
文庫
大好評発売中!!
狼は運命の〝ツガイ〟に執着する
天野かづき
イラスト 陸裕千景子
狼』に
発情する、
のカラダ――。
Ωだと判定されたルークは、自分を「運命の番」だと求婚してきたαのファーレンハイト公爵に嫁ぐことに。ところが公爵家でルークは幼い頃に一緒に遊んだ『狼』と再会。しかも、なぜか狼相手に発情期が訪れて…？
良α×転生Ω
が贈る運命の異類婚姻譚

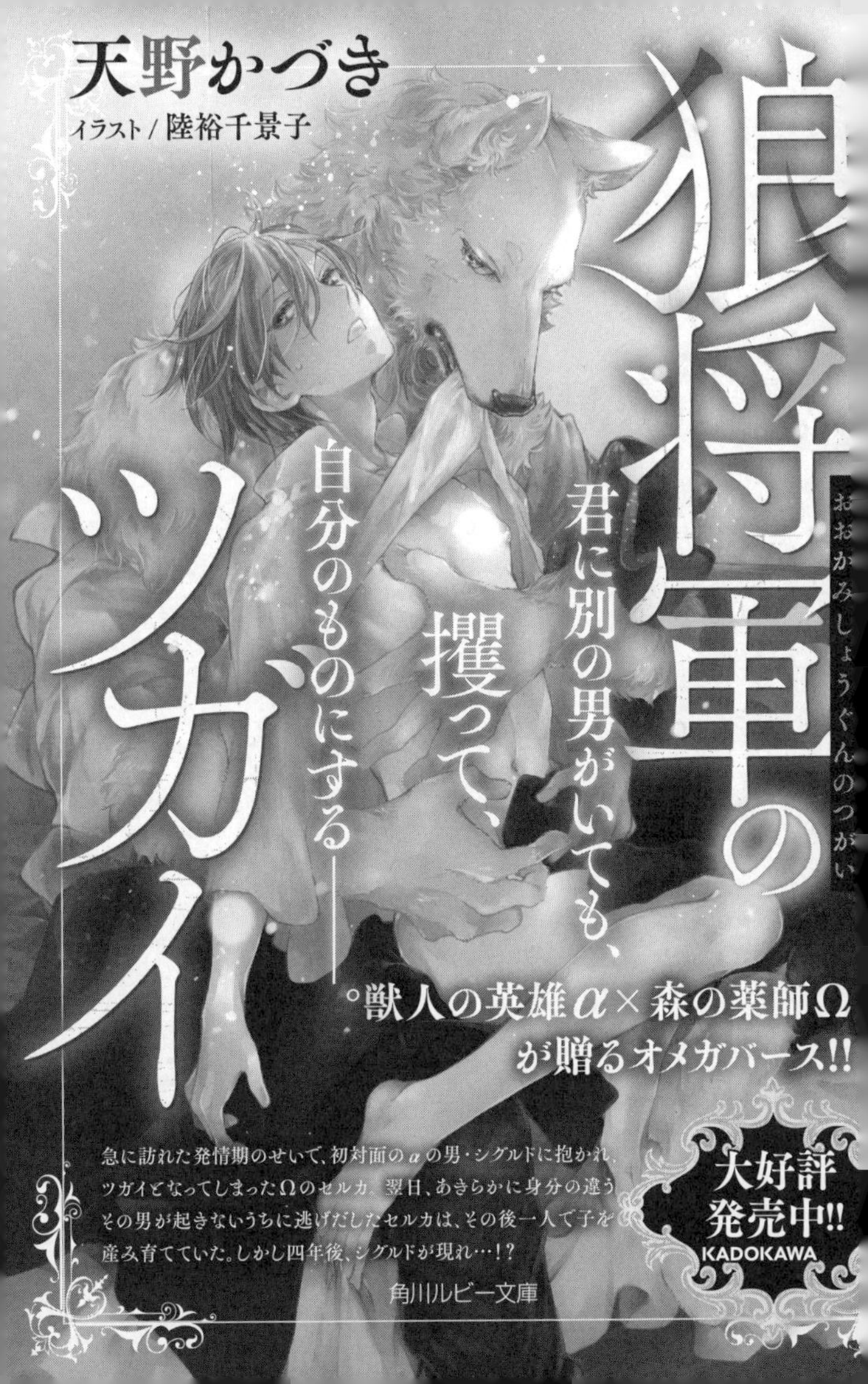
天野かづき
イラスト／陸裕千景子
狼将軍のツガイ《おおかみしょうぐんのつがい》
君に別の男がいても、
攫って、
自分のものにする——
獣人の英雄α×森の薬師Ω
が贈るオメガバース!!
急に訪れた発情期のせいで、初対面のαの男・シグルドに抱かれ、ツガイとなってしまったΩのセルカ。翌日、あきらかに身分の違うその男が起きないうちに逃げだしたセルカは、その後一人で子を産み育てていた。しかし四年後、シグルドが現れ…!?
大好評
発売中!!
KADOKAWA
角川ルビー文庫

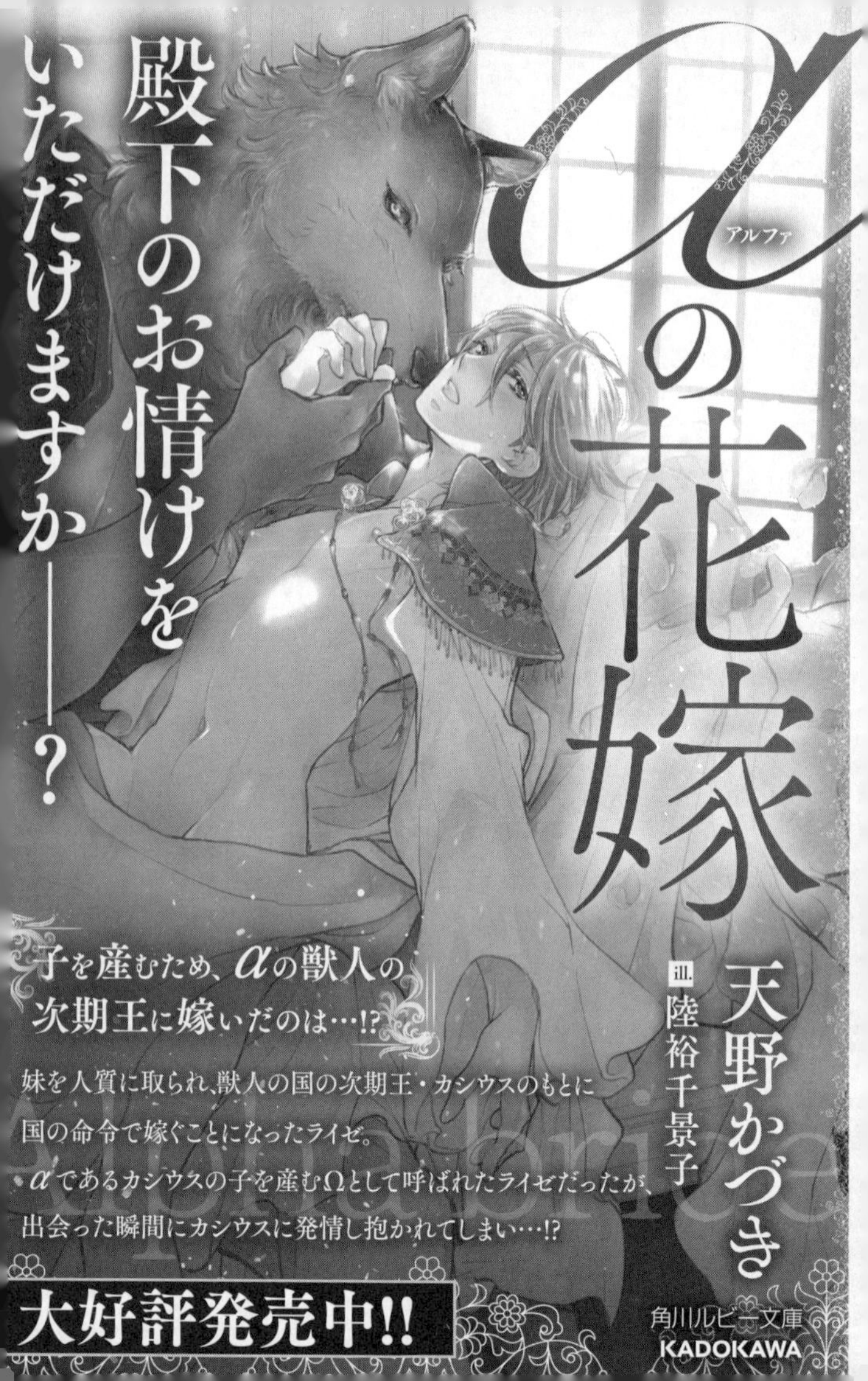

α《アルファ》の花嫁
殿下のお情けをいただけますか――?
天野かづき
ill. 陸裕千景子
子を産むため、αの獣人の次期王に嫁いだのは…!?
妹を人質に取られ、獣人の国の次期王・カシウスのもとに国の命令で嫁ぐことになったライゼ。
αであるカシウスの子を産むΩとして呼ばれたライゼだったが、出会った瞬間にカシウスに発情し抱かれてしまい…!?
大好評発売中!!
角川ルビー文庫
KADOKAWA

KADOKAWA
聖女
追い出されましたが
竜人に愛されて幸せです
聖女じゃなくてもチートなうえに
ツガイに超溺愛されています!
角川ルビー文
突然異世界に召喚されたものの、すぐに城から追い出されてしまった晴。魔物に襲われ意識を失った晴は、目が覚めた途端、自分を助けた竜人・フェルナンドに抱かれていた。フェルナンドは晴が自分の「ツガイ」だと言うが…?
大好評発売中
「追放ざまぁ系」異世界召喚ラブストーリー

OKAWA
もしかして俺、
執着系エロゲ主人公に
溺愛されてる!?
魔王になるのを回避した結果
なぜか勇者に愛されています
野かづき
イラスト✦蓮川愛
ルビー文庫
好評発売中
エロゲの世界に転生し、なんとか魔王になるのを回避したデュナル。ところがなぜか魔王討伐のため、勇者と共に聖者として旅をすることに。本来、同行するヒロインが勇者とバフのためにエッチをする必要があるのだが…？
禁エロゲ主人公勇者×転生聖者の異世界ラブ!!

KADOKAWA RUBY BUNKO